中国当代女诗人爱情诗经典

你是人间四月天

金铃子 ◎ 主编

云南出版集团
云南人民出版社

图书在版编目（CIP）数据

你是人间四月天：中国当代女诗人爱情诗经典/金铃子主编. -- 昆明：云南人民出版社，2019.10
ISBN 978-7-222-18536-4

Ⅰ.①你… Ⅱ.①金… Ⅲ.①诗集–中国–当代 Ⅳ.①I227

中国版本图书馆CIP数据核字（2019）第192091号

策　　划：李　维
出 品 人：赵石定
责任编辑：潘　燕　　苏映华　　刘　焰
责任校对：徐　霞
封面设计：杨晓东
责任印制：窦雪松

NI SHI RENJIAN SIYUE TIAN:ZHONGGUO DANGDAI NV SHIREN AIQING SHI JINGDIAN
你是人间四月天：中国当代女诗人爱情诗经典
金玲子　主编

出版	云南出版集团　云南人民出版社
发行	云南人民出版社
社址	昆明市环城西路609号
邮编	650034
网址	www.ynpph.com.cn
E-mail	ynrms@sina.com
开本	889×1194mm　1/32
印张	10
字数	120千
版次	2019年10月第1版第1次印刷
印刷	昆明瑆煋印务有限公司
书号	ISBN 978-7-222-18536-4
定价	59.00元

云南人民出版社微信公众号

如需购买图书、反馈意见，请与我社联系
总编室：0871-64109126　发行部：0871-64108507　审校部：0871-64164626　印制部：0871-64191534

版权所有　侵权必究　印装差错　负责调换

目录 Contents

◎舒　婷　　　　　　　　　001
致橡树·双桅船

◎翟永明　　　　　　　　004
四种爱情

◎李　琦　　　　　　　　007
第一次去襄樊·当我第一次看到长江·我和你

◎娜　夜　　　　　　　　012
起风了·合影·纸人

◎荣　荣　　　　　　　　016
心舍利·水井巷·锈蚀

◎蓝　蓝　　　　　　　　018
一切的理由·短句·一般定律·无题

◎傅天琳　　　　　　　　020
海

◎王小妮　　　　　　　　026
爱情·你找的那人不在·我爱看香烟排列的形状

◎林　雪　　　　　　　　030
防波堤上·苍穹下·总要爱上这世界

◎海　男　　　　　　　　　　034
夜色迷漫·在你消失踪影的三天时间里·忧伤的黑麋鹿·善变中的女妖已出现·在澜沧江以上的纬度里·你给予了我狂野的姿态

◎李　南　　　　　　　　　　039
投向大海的漂流瓶·多年前，一个雪夜·重逢

◎杜　涯　　　　　　　　　　042
就像我对你的思念·写在春天·流经我们身边的这条大河

◎李轻松　　　　　　　　　　046
悬瞳·碎心·亲爱的，有话跟铁说吧！

◎冉　冉　　　　　　　　　　051
秘密·准备·猝不及防的火星·我还没有恢复言说的能力

◎林　莉　　　　　　　　　　053
大雪不曾使我们短暂相爱·风雪夜·春天手记

◎靳晓静　　　　　　　　　　055
流逝·轮回

◎阿　毛　　　　　　　　　　058
多么爱·取暖·春雪·爱情病

◎扶　桑　　　　　　　　　　062
摇动·我在这里·山峦在秋天是最美的

◎宋晓杰　　　　　　　　　　065
骨灰戒指·柿子树·原谅

◎宇　舒　　　　　　　　　　068
关于爱情·写给11月6日的梦境，和它的消失·致·致雪，致我的雪

◎梅依然　　　　　　　　　　*072*
唯一性·形而上学·关于爱情

◎灯　灯　　　　　　　　　　*075*
我说嗯·布拉格此时下雪·我的男人·手指在散步

◎宇　向　　　　　　　　　　*078*
街头·我真的这样想·所以你爱我

◎衣米一　　　　　　　　　　*082*
第三地·酒店用品

◎从　容　　　　　　　　　　*085*
纪念一个寓言·去那里·第一次见你褪去衣服后的疤

◎杨碧绿　　　　　　　　　　*088*
讲情话的人·月光下的鱼尾纹·凤凰花又开·纸玫瑰

◎赵　四　　　　　　　　　　*091*
乘·在一道闪电中·爱情锁

◎晓　音　　　　　　　　　　*094*
子夜的祈祷·我们将在同一个时刻死去·乞力马扎罗的雪

◎横行胭脂　　　　　　　　　*098*
北方平原上的爱情·思念

◎郑小琼　　　　　　　　　　*101*
艺术带沉思、欲望和情感

◎苏　浅　　　　　　　　　　*103*
入画·更深的蓝·致大海·冬天是最好的爱人·恒河：日出

◎西　娃　　　　　　　　106
调香师·我比我的年龄提前知道·给您——吾爱·给吾爱

◎潇　潇　　　　　　　　110
今生遇见·那一夜·痛和一缕死亡的青烟

◎娜仁琪琪格　　　　　　113
然后停了下来　又是十年·青花瓷·高山流水

◎余秀华　　　　　　　　116
我爱你·穿过大半个中国去睡你·爱·雪下到黄昏，就停了·唯独我，不是

◎白　月　　　　　　　　121
情人·第三者·个案

◎颜梅玖　　　　　　　　123
草木缘·你的孤独·旋舞·樱花

◎林馥娜　　　　　　　　128
我不叫你亲爱的·我要得如此之少·如果你无处收藏我的辽阔

◎孙大梅　　　　　　　　131
塔尔寺的黄昏·我走过初夏的傍晚·纸条·旧时光

◎赵晓梅　　　　　　　　135
紫色珠语·用诗歌润养爱情

◎花　语　　　　　　　　139
世事苍茫·在这薄凉的世界上·倒带

◎胡茗茗　　　　　　　　143
我知道·大雪非雪，鱼非鱼·九年

◎海　烟　　　　　　　　148
彼岸花·之前·春水流

◎鲁 橹　　　　　　　　　　**151**
我在白露中正渐渐绯红·你多么静美·我是来人世收集尘埃的

◎冯 娜　　　　　　　　　　**154**
橙子·魔术

◎杨碧薇　　　　　　　　　　**155**
哎哟妈妈·深海烛光鱼

◎红布条儿　　　　　　　　　**157**
我停留下来·白色更孤独

◎艾傈木诺　　　　　　　　　**158**
别在,我骨头里放火·今生

◎赵丽兰　　　　　　　　　　**161**
余生·服妖·唐卡·省下一点力气

◎李俊玲　　　　　　　　　　**163**
女巫·垂老之爱

◎暖 玉　　　　　　　　　　**165**
点燃谁的留白·阳光中行走

◎川 美　　　　　　　　　　**167**
花朵与花匠·我说,亲爱的·雏菊花开的时候

◎温 酒　　　　　　　　　　**170**
最后一首歌·阳光·尽头

◎桑 眉　　　　　　　　　　**173**
看你嘛·永远很遥远

◎苇 子　　　　　　　　　　**175**
信件·风不在,你在

◎草人儿　　　　　　　　　　**177**
查找一本书·一束月光和一个女人别在了一

起·把自己白描在一首诗里·把我的夜晚偷出来给你

◎吕　达　　　　　　　　180
藏族弹唱大师杰布赠曲珍手信·阴天有寄·情歌

◎苏笑嫣　　　　　　　　182
都是带着浅笑的·火红的太阳在胸口滚烫·十月初秋

◎唐　果　　　　　　　　186
遥望孤山·我决定这样去爱一个人·给你

◎杨晓芸　　　　　　　　188
我醒来，你还睡着·藤缠藤·相见欢·就像两条鱼

◎施施然　　　　　　　　191
我常常走在民国的街道上·在岳麓山·想和你在爱琴海看落日·你是爱我的

◎安　琪　　　　　　　　194
明天将出现什么样的词·林中路·白葡萄酒为什么也让人脸红

◎赵丽华　　　　　　　　197
大雨倾盆·吸引

◎七月的海　　　　　　　199
遭遇·那时的人间·静水流深

◎布非步　　　　　　　　202
献辞·斯卡布罗集市

◎谈雅丽　　　　　　　　205
微雪·给我一座临水古镇·蓝得令人心碎的夜晚

◎李树侠　　　　　　　　208
山坡·致·我是你春天的一部分

◎蓝　紫　　　　　　　　211
钥匙·两个人的战争

◎绿　茵　　　　　　　　213
你的到来·你就是月亮

◎沈　利　　　　　　　　217
还给我叶脉和水·地铁·半夜醒来

◎李之平　　　　　　　　220
爱·海浪的潜伏·等待

◎馨怡轻舞　　　　　　　223
何时靠岸·暗香浮动·一树花魂

◎三色堇　　　　　　　　226
前盟·我孤单的身影暗示了你的旧约·深秋来信

◎水　湄　　　　　　　　229
桃花落下·雨夜·石头和雨

◎佟子婴　　　　　　　　232
白玉兰·清晖·秋露长

◎池凌云　　　　　　　　234
谈论银河让我们变得晦暗·白蝴蝶·云与树梢

◎海　默　　　　　　　　237
四月的江湖·欲随桃花去·礼物

◎黄和平　　　　　　　　240
我爱你的时候(外二首)·谎言·当我老了·古龙小说里的植物

◎艾　子　　　　　　　　244
去赴一次生命中的约会

◎梅　尔　　　　　　　　245
三米之外

◎伊　萍　　　　　　　　　　　248
风的斜倾度・情人

◎敬丹樱　　　　　　　　　　250
樱桃・鬼针草・小狐狸

◎何冰凌　　　　　　　　　　252
怀良辰以孤往・爱情史

◎冷眉语　　　　　　　　　　254
知音无人弹拨・萤火虫

◎路　亚　　　　　　　　　　256
幸福的秘诀・致歉书・在秋天

◎米　夏　　　　　　　　　　259
有一朵花，听懂我的语言・坐在夏天的月光里等你・稻草人的爱情

◎琳　子　　　　　　　　　　263
读书・简陋

◎臧海英　　　　　　　　　　265
颤抖・战栗・清晨

◎东　涯　　　　　　　　　　267
夜雨寄南・我们说起想念就像说起潮汐・献歌・海边独语

◎宗小白　　　　　　　　　　271
纱巾・浪花・对缪斯的诉求・我们的祖宗仍在天上相爱・草原上・快递

◎裴俊兰　　　　　　　　　　276
弥散香雪的村庄・秋天，花的心事・第三岸

◎青　玄　　　　　　　　　　279
晚安・北方的消息在北方相遇・在南城

◎芳　竹　　　　　　　　　281
相思迢迢·一夜的落雪·透过冬天望见漫山桃花
◎黄玲君　　　　　　　　284
陌生人·轮回
◎桑　子　　　　　　　　286
山中听鸟鸣·炼金术·精灵·蜜色的肌肤
◎青小衣　　　　　　　　289
杏花村归来·我想用最世俗的方式来爱你
◎西　叶　　　　　　　　291
写一封信·假如我必须爱
◎费丹艺　　　　　　　　293
笑·花重锦官城
◎宋德丽　　　　　　　　295
一生心跳·独守秋夜·自然之合·裸露的根
◎汤　萍　　　　　　　　299
悲喜剧·你就是埋葬我的诗行·旅人的足音
◎金铃子　　　　　　　　303
假如我必须爱·只要活着·我见过的爱情很多·只有

◎舒　婷

致橡树

我如果爱你——
绝不像攀缘的凌霄花
借你的高枝炫耀自己
我如果爱你——
绝不学痴情的鸟儿
为绿荫重复单调的歌曲
也不只像泉源
常年送来清凉的慰藉
也不止像险峰
增加你的高度，衬托你的威仪
甚至日光
甚至春雨
不，这些都还不够！
我必须是你近旁的一株木棉
作为树的形象和你站在一起
根，紧握在地下
叶，相触在云里
每一阵风过，我们都互相致意
但没有人
听懂我们的言语
你有你的铜枝铁干
像刀，像剑

也像戟
我有我红硕的花朵
像沉重的叹息
又像英勇的火炬
我们分担寒潮、风雷、霹雳
我们共享雾霭、流岚、虹霓
仿佛永远分离
却又终身相依
这才是伟大的爱情
坚贞就在这里：
爱——
不仅爱你伟岸的身躯
也爱你坚持的位置
足下的土地

双桅船

雾打湿了我的双翼
可风却不容我再迟疑
岸啊，心爱的岸
昨天刚刚和你告别
今天你又在这里
明天我们将在
另一个纬度相遇
是一场风暴，一盏灯

把我们联系在一起
是一场风暴,另一盏灯
使我们再分东西
不怕天涯海角
岂在朝朝夕夕
你在我的航程上
我在你的视线里

◎翟永明

四种爱情

  2008.2.14情人节在异域开会,听格非发言有感,遂作此诗。

虞姬说:猛抬头见碧落月色清明
月色清明　可见嫦娥
嫦娥在月中也看到
白茫茫天地间　站着一位美娇娥

虞姬返身回到帐篷
她钟情的大王仍在熟睡中
拔出剑来　她一剑封喉
这一刻　成就了多少戏文演出

白流苏也在窗口边猛抬头
爱情娇惯的月亮
大如灯笼　月色清明下
一阵阵硝烟飘过来
但又飘走　猛抬头白流苏看见
嫦娥女拖动着凌波长袖

白流苏返身回到沙发上拿起话筒
战争在电话线上一阵阵悸动

爱情占有了这个夜晚这个城市
也占有了传说中的天长地久

张爱玲在书中写下了白流苏
她写下了白流苏猛一抬头
书中的月亮与天上的
如此不同　广寒宫内
清光白发　替代了宝扇莲蓬
桂花正当时　香气似有无
她抬头时　蟾蜍叫成一片旋风

千千万万的目光中
张爱玲赶上了其中一瞥
一瞥钟情　引逗得人间唏嘘无数
嫦娥在宫中　从月黑直坐到月亮
无限的问题困扰着她
也困扰着望月的虞姬、流苏
天上的爱情与人间的
如此不同　广寒宫中月如钩

无论传奇怎样遣词造句
被爱情驯化的心
一如白绣球
四种爱情　点染匀开了纸月亮
四种爱情　也像满月时的赤裸
无论是否被允许　它们

在某个时刻被蚁咬虫蛀
虞姬、爱玲、白流苏
还有那些爱情人物
她们无一例外地化身为嫦娥

◎李　琦

第一次去襄樊

告别的月台上　我频频看表
来送行的哥哥苦笑着说
哪有你这样急着出嫁的女孩儿
哪怕你装出一点矜持
看你心急火燎　像火烧着了眉毛

我早已听不进任何规劝
我希望那列车除去车轮外
再长出能飞的翅膀
我恨不能把自己变成一封鸡毛信
分秒必争　以最快的速度前行
分别数月　数千里之遥
爱我的人正在经历思念的煎熬

果然　我落下终生的笑柄
星夜兼程　我比电报还快
当爱人刚收到接站的讯息
我已奇迹一样　站在他的惊喜之中
"你这送上门来的新娘，
从此插翅难逃！"
当我们拥抱在一起的时候
两个人都觉得不像站在地上

我们变成了　两枚飘向空中的羽毛

就这样　我急切地认识了湖北
并从此坚信　这是个吉祥的地方
襄樊　据说有悠久的历史
在我　也确有划时代的意义
1981年冬天　我迈出襄樊车站
形单影只　四顾茫然
在诞生三顾茅庐典故的地方
我招之即来　奋勇前往
没有婚纱　没有凤冠霞帔
身背行囊　我是怀揣数张车票的新娘

当我第一次看到长江

当我第一次看到长江
这中国最长、最著名的河流
那也是我的第一次恋爱
第一次跟着漂泊的爱人，东奔西走

我的爱人，五官端正
换上古装，就是一个俊朗的书生
一路之上，我们吟诵那些关于长江的诗句
他巧妙地由此及彼
给我取了许多可爱的小名

我们望着那些长江上的船只
汽笛沉稳悠长,让人为之动容
看到许多船去远方
我知道,自己从此也是
有了远方的人

在松花江边长大
看到了江水,犹如见到亲人
我从一条江畔出发
来到另一条江的身边
此刻,江风正吹拂我风尘仆仆的爱情

登上轮渡,一遍一遍往返
我们没有要去的地方
只为了在这大江之上,看天高水远
后来,站在岸边
站在这古老河流的身旁
我们把一生中最动人的话,说了出来

那一年的长江,宽阔而平静
黄昏来临,波涛之上,一片玫瑰之红
我的爱人紧搂着我肩头
几乎同时,我们感到了彼此的颤动
这一刻如此美好。好到让人伤心
就是到了弥留之际,我也会想起

在武汉，那一天
长江之岸，年轻的我和你
心如流水，正乘风奔腾

我和你

我的爱人，你都已经老了
还是这样，在每一个除夕之夜
先点燃爆竹，而后放焰火
给女儿看，给我看
冰天雪地的哈尔滨
每到这个时刻，都有一种
让人迷醉的绚烂

轻轻地点燃，而后迅疾抽身
这个动作我多熟悉
你那一刻的笑容，被烟花照亮
你这属马姓马的人，从倾心于远行
到变成一匹恋家的老马
所谓地久天长，在我理解
就是，半辈子看你在除夕夜
兴奋忙碌，像一个孩子

你我之间，有太多的故事
完全不同的两个人，性格各异

经常相互讽刺，彼此挑剔
却成为这世上相知最深的人
关于你的记忆，混沌一片
因为千丝万缕，早已理不出头绪

当我生病，说要是我死了——
你粗暴地制止：不行！
你说，不擅于怀念
我的人，就必须好好在眼前活着！

好吧，我网开一面，开始痊愈
想起从前，在你的自行车后座上
我们同时，张开两双手臂
模拟鸟儿飞翔。那时
多么年轻，常常不计后果

而今，鬓微霜，无力之感
已让双臂渐渐收拢。更多地
是想着尘埃里的琐事。我和你
就像两只在土里生长的红薯
神情笃定，彼此根茎缠绕
面貌素朴，把底气藏住

◎娜　夜

起风了

起风了　我爱你　芦苇
野茫茫的一片
顺着风

在这遥远的地方　不需要
思想
只需要芦苇
顺着风

野茫茫的一片
像我们的爱　没有内容

合　影

不是你！是你身体里消失的少年在搂着我
是他白衬衫下那颗骄傲而纯洁的心
写在日记里的爱情
掉在图书馆阶梯上的书

在搂着我！是波罗的海弥漫的蔚蓝和波涛
被雨淋湿的落日　无顶教堂

隐秘的钟声

和祈祷……是我日渐衰竭的想象力所能企及的
那些美好事物的神圣之光

当我叹息　甚至是你身体里拒绝来到这个世界的婴儿
他的哭声
——对生和死的双重蔑视
在搂着我

——这里　这叫作人世间的地方
孤独的人类
相互买卖
彼此忏悔

肉体的亲密并未使他们的精神相爱
这就是你写诗的理由？

一切艺术的源头……仿佛时间恢复了它的记忆
我看见我闭上的眼睛里
有一滴大海
在流淌

是它的波澜在搂着我！不是你
我拒绝的是这个时代
不是你和我

"无论我们谁先离开这个世界
对方都要写一首悼亡诗"

听我说：我来到这个世界就是为了向自己道歉的

纸　　人

我用纸叠出我们
一个老了　另一个
也老了
什么都做不成了
当年　我们消耗了多少隐秘的激情

我用热气哈出一个庭院
用汪汪唤出一条小狗
用葵花唤出豆青
用一枚茶叶
唤出一片茶园
我用：喂　唤出你
比门前的喜鹊更心满意足
——在那遥远的地方

什么都做不成了
我们抽烟　喝茶　散步时亲吻——

额头上的皱纹
皱纹里的精神

当上帝认出了我们
它就把纸人还原成纸片

这样的叙述并不令人心碎
——我们商量过的：我会第二次发育　丰腴　遇见你

◎荣　荣

心舍利

多少年了　她用黑夜追着他的星光
当他猜忌　挑剔　使小性子
她也正在猜忌　挑剔　使小性子

"神啊，愿他是完美的。
不猜忌。不挑剔。不使小性子。"

"神啊，如果这辈子他无法完美，
让我继续迷信他的不完美。
无限依恋他的猜忌，挑剔和小性子。"

水井巷

上午十点的水井巷像一只被阳光转动的万花筒

"你们女人就喜欢零碎！
小手势　片言只语的温暖
点滴的记忆或片断"
现在是满巷子的藏饰

看上去真的很美！

这是日常里朴素　廉价的部分
这个外省女子在这里拼凑着
对于西北的理解

她不喜欢讨价还价
但必须忍痛割爱　在生活的另一面
"我喜欢零碎　你就是我绝望的零碎！"

锈　蚀

肉身的锈蚀始于一只酸疼的胳膊
以及一只随意变换指向的手
突然生成的盲区

深夜你听到它骨头里刺耳的声响吗？
类似于久闭的木门在门脖上干涩地转动

"也许缘于那次受寒。"
当羽绒被勉强窝藏起两颗胆战之心
它整夜裸露着，并被忘记

"不曾上心的事还是发生了。"
我给你短信："我被衰老追上了。"
"从今后，我无法自由触摸的那部分肉体
也仅是你青春的残羹。"

◎ 蓝　蓝

一切的理由

我的唇最终要从人的关系那早年的
蜂巢深处被喂到一滴蜜
不会是从花朵
也不会是星空
假如它们不像我的亲人
它们也不会像我

睡梦，睡梦……

我松开的手把你握紧
关上门以便你的穿越
我身体里的寂静
你早已得到
我恐惧……在彼此的凝视里
变形缩小。

短　句

已经晚了。在我
迷路之前
我喜欢这个——

疯狂。这最安静的
可以拖着你所经历的来爱我但恐惧于
用它认识我
我将是你获得世界的一种方式:
每样事物都不同因而是
同一种

一般定律

紧张在清晨的一个懒腰中
在拖鞋、吃饭和聊天的
粉红战壕里
其余的是疯狂
你所知道最紧张的
已经松弛了

无 题

我不爱外衣而爱肉体
或者,我爱灵魂的棉布肩窝
宁静于心脏突突的跳动
二者我都要:光芒和火焰
我的爱既温顺又傲慢
但在这里,言词逃遁了,沿着
外衣和肉体

◎傅天琳

海

一

反复无常的任性的火焰
点不燃你
扑不灭你

越来越多的人和鱼
赴汤蹈火,把自己嘱托给你

二

我用那样的眼睛看你
那样呆呆地望你

我没有开拓你,只是顺从你
每一步被倾斜的命运推动
命运的方向是水的方向
水流往低处,最低处是海

我生活在你生活的尽头,在海
在海里是必然相遇的一滴
自由的元素,我飘动,我滑翔
我随风流荡

肩负不可忍受的诚挚的创痛
俯仰烟波、风帆、沙鸟
钦佩与畏惧共生

我和你纠着缠着拧着挣着
重视你又无视你一切有形和无形
我被你百般揉洗百般折磨
相互悲悯而生恋情

三
幸运的人生
踩过不幸运的海滩
风挟着海滩一溜小跑
我们盛开的脸庞，四顾茫茫

送别，迎接，祈祷，哀悼
海滩将人心搓揉成沙

四
仅为一场沮丧的梦就信了灾难
爱着的人啊又胆小又怯弱
我的爱软中之最软
以至软到折不断的程度以至愤怒与敌视
也奈何我不得

一个岛围拢一口井

一碗淡水漂洗一汪海腥
波涛中跳跃的星子
是海的骨质放射磷光
海啊你在为我受苦
母亲乘一片残翅飞向空冥

有夜晚就该有家
有家就该有我
半裸渔姑的歌唱
徘徊于暧昧的温带
不知盼望什么但是她在盼望
不屈的盼望充满信心

折戟沉沙。即使这样
改道崇山你也是我的征帆
生命支付大半
能同舟共济,乃一千年修来的缘分

五
那么多鱼儿踩着波涛挥舞小旗为谁欢呼
海被我们剖开,又迅速合拢
并且不流哀伤的血
早霞的玫瑰园

六
一副柳肩能承受什么样的使命

海上多风,我只相信命运的魔力

斑斓的血迹,骚动的峰群
一颗被挫伤的牙齿让我触礁
激情呈杯状高高举起
你摔碎光杯溅开七级大浪
海翻动鳞甲,汪洋恣肆
我被风的长鞭一气抽打一千次

我突围,我破裂,我乘失败的帆翱翔
付出一生代价,不要救我
我宁愿在此时死去

这是人生的华彩乐章吗?
让我昏眩于颠簸于窒息于其中吗?
能贮存失败者的力量,是海的幸福吗?

海拓我太宽
天待我太厚
独立苍茫,我倾盆地哭
啸然吐出心中抑郁

亚历山大,我是被你征服的世界
我是你胜利后最透彻的寂寞

七

什么你都思想过了
我不再有思想,海啊!
你大度雍容,赫然,悠然
我小家情怯,怅然,凄然
你给我什么我就收下
你不给我,我不生气

生活依靠力量而不是计谋
种种礼赞种种咒语都是多余

一会儿把最深奥的问题
说得人人都懂,当你教我爱情
一会儿把最简单的问题
说得人人都不懂,当你教我哲学

浑圆的无懈可击的海啊!
亮丽的星辰忽然间不辨清浊
精神沉痛苦渡无边时,方想到祈求

想到向海起誓,海啊海啊!
请帮助我们,这无助的恒河沙数

八

在下午和咖啡之间,一辆三轮
飞快地跑,全然忘了收多少车钱

扔给我一个椰子吧
让我一层层剥开日月的壳
痛饮你饱满的奶水

给你椰子,给你香蕉
你紧握十指葱绿。迷我醉我
生命是一次次试探
一次次寻找独立又寻找依赖

两排棕色的眼光灼灼审视
椰子树羽毛舒展
凤凰木泰然自若
海啊!受着你的保护我结彩垂光

◎王小妮

爱　情

那个冷秋天啊
你的手
不能浸在冷水里
你的外衣
要夜夜由我来熨
我织也织不成的
白又厚的毛衣
奇迹般地赶出来
到了非它不穿的时刻
那个冷秋天啊
你要衣冠楚楚地做人
谈笑
使好人和坏人
同时不知所措
谈笑
我拖着你的手
插进每一个
有人的缝隙
我本是该生巨翅的鸟
此刻
却必须收拢肩膀
变一只巢

让那些不肯抬头的人
都看见
天空的沉重
让他们经历
心灵的萎缩
那冷得动人的秋天啊
那坚毅又严酷的
我与你共同的爱情

你我的那人不在

他根本不在。
其它的都在,只是你要的不在。

有东风进来
有小昆虫进来
星光像刚刚磨碎了的面粉。
西红柿成熟了的橙黄色进来。
海马从落地窗最低的缝隙间游进来。
陌生人经过,不知名的烟草香味透进来。

我这儿从来没这么满过。
什么都有,什么都不缺少
温暖友善的东西们四处落座。

我们不在同一个世界
四月是隔绝的屏风
所以,你只有原路退回
你找的人他绝不会在。

我爱看香烟排列的形状

坐在你我的朋友之中
我们神聊。
并且一盒一盒打开烟。
我爱看香烟排列的形状
还总想
由我亲手拆散它们
男人们迟疑的时候
我那么轻盈
天空和大地
搀扶着摇荡
在烟蒂里垂下头
只有他们才能深垂到
紫红色汹涌的地芯。
现在我站起来
太阳说它看见了光
用手温暖
比甲壳虫更小的甲壳虫
娓娓走动

看见烟雾下面许许多多孩子
我讨厌脆弱
可是泪水有时候变成红沙子
特别在我黯淡的日子
我要纵容和娇惯男人
这世界能有我活着
该多么幸运
伸出柔弱的手
我深爱
那沉重不支的痛苦

◎ 林　雪

防波堤上

在防波堤上，我面对大海颔首
致敬迎迓……而大海从那蓝色纤维中
那深邃的孤寂之上伸出波浪的手指
一声"嘘——"寂静恰似虚无
看夕阳在海水中舍身沉下
看退潮时的淤泥，埋住一块童年的泥巴

防波堤上，一个男人开着的汽车音响里
喑哑的歌手正唱着死亡和悔恨
那男人发里有灰，袖口有土，眼里有伤
他高擎的双脚底是两块被磨损的橡胶
"身躯抵押在尘世中"他走了多少路？
驰骋过多少光辉的罪孽？

现在，他对着车窗上一只唱着的蟋蟀
坍塌下来……像被重生一次
大地颅骨深处，藏着一座高原
藏着黄金和本质

夜色愈重……天色微茫如这个小镇
我已看过无数。但仍不是最后一个
撒满草秸的路一直通向海边

苍穹啊!你的深蓝
无法言喻,而爱和亵渎都将永不停止
时代的韵律

苍穹下

一片苍穹渐渐垂落在红土塬
在这世界的肩膀上
一个无名的凹处
有一捧温热的
世界燃烧后的灰烬!

你是我不曾事先预约的身体
一片苍穹渐渐垂落在蓝指尖
掠过高原的一阵精神的战栗

一个你。一阵风暴啊!
这是你肺腑里的殿堂
这是你头颅中的火车站
一节亚麻绳里怦怦跳动的
小心脏——因为爱
我才用诗句
费力地擦洗它们

一座毛孔里的剧场用面具恸哭

一个最平庸时代里的异数
一个被不加节制的赞颂
弄坏了的习俗

寄封信给过去。给那时还不曾
和我相遇的你。那些深埋在
过去的悲伤又一次追上了我们
而和未来,也并无
秘密媾和的协议

一片苍穹渐渐垂落在静脉
一句在宜川写出的诗句:
"崩梁对于两个身体
已是足够的宽
为什么那些独自的人
那些独自的灵魂
却总是擦肩而去?

总要爱上这世界

飞机牵引出一道白线缝补云朵
一条漏网之鱼或一只伤痛的鸟
疲倦而轻柔地落向盆地
衔着一个破折号——生活
重新开始吧!只要低些!

再低些！那些青山内在的磷
就会把我们擦亮。

舱门一声轻叹如不舍
吐出我们如吐出种子
黑色的飘蓬。仿佛
跋涉了几千年才回归
仿佛失散如群岛般破碎
一个孩子边走边向身后
拢顺背包，如同梳理自己的羽翅
仿佛他刚刚感悟了飞翔
而那颗心仍在世界之上
高悬不已，仍在
尾翼的旗杆上做梦

总要一次次爱上这世界！

夜里独自睡去的机翼
梦见那男孩长成了一部史诗
和一个人的军队
是一个结绳记事的伏羲
他的黑夜部落浩浩荡荡
带着神话。和她重新创世纪

◎ 海　男

夜色迷漫

迷失在人群中,这是爱你的歧途
迷失在一只黑蝙蝠所煽动的死亡中
这是爱你的末路,迷失在你对我的不倦爱恋中
这是爱你的再生

拒绝了全世界的约会
有你已足够,有你就有了巨大的谷仓
有你就有了像绿绸似的大海
有你已足够,有你就有了打开的大门

有你就有了可以通往的良宵
有你已足够,有你就有了看见云雀的午后
我伸手给你,世界的磁铁穿越了身心
亲爱的,有你已足够让我身心灿烂

夜色又一次迷漫,亲爱的
有你已足够让我舍弃一切繁芜枝叶

在你消失踪影的三天时间里

肖邦的《夜曲》掠过了我的面颊

最里面的面颊，值得你此生怜悯
它们从和弦的转折中，越过了悠扬的低泣
最终，绕过乘风破浪千山万水，回到爱的囚房
在你消失踪影的三天时间里
《夜曲》缓缓地伴随我出入
冰凉的滇西。攀越着，喘息声越来越剧烈
犹如祭祀前夕，我的身体最疼痛的体验
不朽的夜曲，钢琴的波浪
女妖的曲线，爱神来临前夕的风暴
将尽快地让死神前来迎候我
我要在你之前赴死，在天堂的门前等候你
在你消失踪影的三天时间里
丧钟已经为我而敲响

忧伤的黑麂鹿

昨夜，在躺下的黑屋中
一群来自旷野山冈之上的黑麂鹿
忧伤的奔跑声惊醒了我
它们没有锁链，没有祷词飞扬
忧伤的黑麂鹿来自滇西的山冈
来自一个人最辽阔的内心
他的生活已被我长久地凝视过
在那么长的距离里，远隔着澜沧江的大峡谷
中途还有雨雪的阻隔，还有白鹭华美而优雅的

飞翔声隔离我们的视线
当忧伤的黑麋鹿狂野中奔来时
在躺下的黑屋中,我像一个黑奴般期待着什么
我将像一个黑奴般期待着
辽阔的大地以及赐给我无限生命的时间

善变中的女妖已出现

今天,善变中的女妖已出现
她代替我与你在幽暗的峡谷中蜷曲不息
这是临近春天前夕的午后
那些沙哑的嗓带从森林中冉冉上升
替代我前去与你相遇的那个女妖
带着蜂蜜,那是她变幻妖术的涂料
那些金色的蜂蜜一旦涂于四壁
在猝然中到达的死亡也会变幻莫测
替代我与你相遇的那个女妖
在粉红色的屏障中,摘去面罩
她的脸,可以带来蛇的意象,可以剪辑
彩练,可以制止钝器挑衅的战争
善变中的女妖,替代我前去爱你的
女妖。她替代我前去面对那些从沙粒中落下的骰子

在澜沧江以上的纬度里

澜沧江的灵魂在一波三折时
都会触碰到我们的灵魂
在澜沧江以上的纬度中,我此生
触到了那些遗骸在此地安息的声音
那些前世的睫毛眨动着,犹如野草
经过了四季的轮回,又回到了枯荣的时辰
又到了睿智的双眼区分一切色泽的时刻
除了澜沧江,没有任何人告诉我灵魂会变成花蕾
在澜沧江以上的纬度中,到处可以看见硬壳
那些已经替夜色作出决定的秋色弥漫
那些在风啸中适于吊丧的睡床
那些在遍地的橄榄树中馈赠给咽喉的诗歌
在澜沧江以上的纬度中
我经历了爱情的窒息
在芳草和疯狂的起舞中我吻过一个男人

你给予了我狂野的姿态

从头到脚,我都是你的诗人
那些放纵过我的时间,因你而开始节制
我懂得节制是在吻你的时候
在澜沧江边的火焰中翻滚着牛皮纸的时刻
我懂得节制地爱你,犹如我放慢的脚步

慢，多么奢侈的等待，在越来越慢的时刻
你给予了我狂野的姿态，从澜沧江的波浪中
翻滚出去，在波涛的中间，我们缓慢地接吻
最美的狂野姿态，似乎带着神谕
可以带给在祭祀中破碎的一只陶罐
噢，一只爱巢，被候鸟们栖居过
我们进去了，我们到了里面，在最深的尺度中相爱
亲爱的，在最深的澜沧江的深渊中
我们爱着，在波涛中，在水和血液的尺度中消失

◎李　南

投向大海的漂流瓶

那时我们相遇在黄河岸边
两颗灵魂靠在一起
那时我去看你
海水搅动着浪花……
很多年了
你不曾说过喜欢，我也不曾提起爱
只是在春天柳絮飞扬时
我偶尔会想起你来
只有在醉酒后的晕眩中
你才变得格外清晰

太骄傲了！我们都不屑于经营
人世间的花草
在虚构的宫殿里交谈
我们从未爱过——今后也不会
很多年了
黯淡的生活摧毁了多少人和事
有了你，我头顶飘着彩云
让后人去解析这美妙的谜团
我把你的名字捂在胸口
直到迟暮，直到残年

多年前,一个雪夜

有些秘密,在酿酒的木桶里
有些事件,在上帝的预言中
有些风,专门收集痛苦和叹息
有些人,为你预备了来世的姻缘
也是一个大雪纷飞的日子
我们俩从夜晚一直走到天亮
在多年以前
在爱情诞生以后

重 逢

就要见到你,以飞机征服云层的高度
以高铁奔赴约会的速度
以一个破折号的跨度
从这里——到那里

就要见到你
是拥抱还是握手?
或者是默默无语
把脸转向路边的白杨树?
别人都说的话,我不再说
别人没说的话,我不敢说……

就要见到你
列车与铁轨擦出了火花
这个寒冬突然间春光四溢
我的白发变成了青丝

◎杜　涯

就像我对你的思念

就像我对你无声的思念
杨穗在一日间缀满了枝头

以及返青的柳树，吹过长堤的风
春天的事物再一次触痛了我的眼睛

就像我又能回忆起从前
细雨开始飘洒在田间

迎着马车孤单的铃声我知道，细雨淋湿了
我的黑发，也淋湿了游乡人忧郁的脸

风吹过依然空旷的梨树林
阳光在上午温暖了一座桃园

守园人袖着双手开始在园里走动
我和他一样不敢回想远去的冬天

我追逐过往的风
它们一定带走了你的凝视、你的沉默

就像我对你无声的思念

杨穗开始在我的身后静静飘落

写在春天

吹过屋顶的风。上午的阳光。我抬头
望见北方。你的门前。你的

春天已经到来。苏醒的
你的眼睛。万物的种子。草木在地上萌发

春天,风来自北方。山冈上
野兽成群地跑过,像最初的

典礼。春天,我望见山梁,你苏醒的
眼睛。你的北方!风在吹来。春天

别再沉默。满坡的美丽的栗树摇动。春天
我们的围墙多么温暖。消融的、温暖的

河水流淌。别再沉默。平原上
毛白杨开花开得像怀念。像爱的

语言。柳树,槐树,毛白杨,这是
你的春天。别再沉默!

春天，容易伤感。不要对我说起南方。
南方，岛屿，海滩，香樟林。不要说起。

南方。没有这一个春天。这一个花园。我爱
你的北方：毛白杨开花开得像怀念。像爱的

语言。草木在地上萌发。一棵杏树的枝头
就要被花朵喧闹，就要被花朵

喧闹起来的桃园，梨园，苹果园。这是
你的春天。别再沉默。

流经我们身边的这条大河

流经我们身边的这条大河
也曾流经去年
那时我们一个劲相爱，不懂得
外部事物。春天，桃花，流水
这一切究竟与什么相关？

现在我们就坐在它的旁边
看它怎样平静地带走桃花
沙子、水草、上午的时间
不，在它的外部我们总是
想不明白

甚至包括水面上波动的阳光
一叶载着放蜂人的家当的小船
那漂流的、孤独的
春天!

◎李轻松

悬　瞳

如果我能够追想　这一次的知遇
像冬日的月儿一样薄而脆弱
像冬日的月儿一样白而易碎
那么我呼吸的风已袅袅飞散

这印花的被子与我的皮肤这么相称
一种恋旧的结　类似一条藤蔓
你环绕的双手一样缠紧我　并在我心的
背面　在灵魂最阴暗的一隅
翻拣我陈年的旧物

这时你宽衣的声音簌簌响起
一声喘息都能使我瘫软　请望定我！
让我看看你瞳仁里闪亮的火苗
看看火苗中游移的阴影　请望定我！
这比水还清白的身体
最初怎样给你？如果你要
现在怎样给你？只要你要

在你墙上的壁画中看到死鱼的眼睛
一种空洞　一种悬浮的恫吓
无着且无落。以及被打碎的陶片

如此尖锐　流血的快感
你用身体做炭
在燃烧的火与仇视中
把女人焚毁的同时先把自己焚毁
这本身充满了意义

你最初的情人　最后的母亲
都必将是我　在这临时的天堂中
穿行　像穿行在你的指缝和牢房中
无法呼救。一个因爱而被囚的女兽
类似于谁？你此生再也不会遭遇

碎　心

把这层卑劣的外衣撕掉，亲爱的！
在我还没有心碎之前
让我的爱情触摸到你的嘴唇

这是我一贯的姿势。在一个人面前
废墟一样虚无；在一个形容里
春天一样昏厥；在一个声音里
你是吹向我生命中的血

多么迷幻啊！一棵树裹在风里
与一个人裹在身体里一样

被什么疯狂地摇动、与占有
直到每个枝丫都爆出骨朵
直到我昏迷。像你见过的某个死者
她离弃了肉体的精神，依然在飞

这是什么地方？我在与谁相爱？
我自身中最堕落的部分
为什么瞬间站在了高处？
我一身仇视的欲望，为什么
美到了极致，或极致以外？

这个冬天，我丢弃了书籍与文字
这个冬天，我所能做的
就是想你或爱你

许多年来，我无言的躯体
被生活的外衣包裹得过分平静
一只猛兽，它混迹于恭良的羔羊之中
它噬血的本性，在炭火的底层醒着
没有谁没有什么能够把它催眠

我过去的经历给我留下了什么？
我的笑颜，被有毒的灯盏混淆
一些岁月的桃子皱裂、破溃
直至血汁四溅。我不能爱
我腐烂得快要死掉！

不能哭,就像一个濒危的人
被内心的野兽舔净了泪水
血中的白骨,以及骨头中的精髓

就这样,我坐在冬天最后的日子里
把我曾经破碎的诗歌拿来
与我曾经破碎的心放在一起
让你看到:一种爱与死

亲爱的,有话跟铁说吧!

在与铁的对话中,我们显得过于生涩
摸着石头却过不了河
因为我们需要省略的过程太多

你看火焰这么高,而比火焰更高的
是今年夏天的温度。我们直奔主题
躲过那些枝枝蔓蔓的细节
躲过那一场雨。如果我们绕过去
经过背景的铺陈,那么铁就凉了
来吧,亲爱的,我有好熔炉
有什么话,就跟铁说吧!

一些铁器原本都已经生锈
一些火,变得奄奄一息

有谁还能从这锈迹里抽出锋芒
从这灰烬里抽出刀
让我们彼此致命地痛击吧!
让灰尘散落,肉体露出它的本色
让心灵破碎,所有深刻的思想不再发声

当铁锤在我头顶呼啸,骨骼颤抖
我以铁的身份与你相遇,与火相遇
类似一场彻底的狂欢,只是我们没戴面具
铁从来不需要面具
而你用手艺说话,用铁质说话
我终于触摸到了那坚硬的部分
我们为什么不抱着铁放声大哭?

◎冉 冉

秘 密

我的秘密是祈祷
笨拙而绝望的祈祷
我的笨拙与绝望
我的痴迷与梦想
爱是我的祷词　苦是我的祷词
爱苦是我的祷词
苦爱也是我的祷词
我爱这绝望之苦　笨拙之苦
漫漫长夜　祷词经过我的双唇
像柔软透明的燕子

准 备

我尘世所有的准备
都是为了你
光从裂缝进来
我从来没有如此明亮　也从来
没有如此的疼痛　从来没有如此轻盈
也从来没有如此沉重
"我将失去一切,亲爱的"
"失去是迎接另一切的开始"

你屏息静气的样子让我比任何时候
都笃定和勇敢

猝不及防的火星

猝不及防的火星
在你脸上迸溅
小舌头　袖珍刀戟
刻肉铭心亲爱的疤痕
你留下的把柄
多么鲜活　多么静

我还没有恢复言说的能力

我还没有恢复言说的能力
只是获得了短暂的安宁
是的，短暂的　安宁
那短是声东击西的短
抽刀断水的短

◎ 林　莉

大雪不曾使我们短暂相爱

连夜大雪
小镇上，雪覆盖了所有的道路
我们不得不改变了主意
屋子已被清扫
我们决定生起火炉
顺便煮好剩下的几个土豆
松木在炉火里噼啪爆裂
树丛的气味、土豆的气味、雪的气味
这一次，我们显得如此平静
我们烤着火，一边慢吞吞剥着土豆
一边看着窗外的稻草垛一点点变白
雪落在雪上
使我们变得矜持
谁知道呢
我们曾经受的，比所有的雪都要短暂
它很快就要把我们深藏起来

风雪夜

我甚至不懂得，用情至此
也不过是一场大雪纷飞

大雪纷飞,我甚至不懂得躲
我笃信天堂的一切都该落下来
在人间铺排,这一夜
世界突然变得无比柔软和纯白
我笃信我就该站在这风暴的中心

顶风雪的人,你告诉我
是否一直摸黑东去,我就能
碰触到命运的肋骨和灯盏
——含泪的、鸦雀无声的召唤

春天手记

在春天,不是谁都需要遍野的油菜花开
不是谁都需要成群的蜜蜂在嗡嗡歌唱
倘若有人连夜赶来,在无人的后山坡上留下来
我愿意相信他就是那个我年少时梦见的养蜂人
我愿意相信他和我相同
他有他为蜂王的幻想,我有我做蜂箱的愿望

◎靳晓静

流 逝

在黄昏的浪漫海岸
我承认，这里的一切
是藏在人生流逝中
一个隐秘的段落

海的气息，浪漫的气息
都是我的旧日好友
我看见，落日的血型
与我一致，并且绝对相融
像一个梦与另一个梦的重逢

在秋天，爱可以如此盛大
鸟翅和鱼群
因为爱在天空和海水中追逐
潮水狂吻着海岸直到窒息
直到每一枚贝壳受孕

浪漫是复数的
需要两种以上的事物融合
海浪与沙滩，落日与红酒
月亮的银和我手腕上的翠
以及叹息、伤痛和盐

所有这些,构成人生流逝中
一个隐秘的段落

这就是浪漫海岸的原型
像隐喻,存在于
不止我一个人的生命中
今夜,在这北部湾的海边
心里阵阵发痛的
除了我,就是流逝的时间

轮　回

今夜,我赤脚走在浪漫海岸
手臂微凉,爬满夜海的气息
我望向黝黑的海面
直到在一朵渔火中看到我前世的模样

那一世,我是头戴斗笠的渔家女
常常凝视海上的渔火
黑夜中的渔火是女人的希望
大海沉沉,海中的男人比渔火更小
更令人整夜牵挂
我的男人,有肌肉凸起的手臂

男人要出海了,我把网交给他时叮嘱

要放走那些将要产卵的鱼
让它们去远方生儿育女
如同岸上的我
在黑夜中感受到微微的胎动

千年过去,这一世我是个诗人
仿佛来到另一个梦里
夜更凉了,小蟹爬过的沙更柔软了
我想起一个诗人的诗
"渔火将夜色吹白"
这诗让我猛然回到浪漫海岸
猛然记起今昔何夕
黑夜中没人看见我已泪水盈盈

◎阿　毛

多么爱

我多么爱啊
所以用尽世间所有的词
以前，我用得最多的是形容词
其次是动词
那时候，我拥有星星
那样多的形容词和动词
现在，我用得最多的是名词
也只剩下名词
昔日丰满的血肉之躯
只剩下一张带血的皮，和一把嶙峋的骨头

白天我写诗，是替不能再爱之人
还原夜晚的盛宴
是用骨中之磷，点燃星星和露珠
晚上我写诗，是用滴血之皮
替不能倒流的时光
还原青春的天空和大地
我多么爱啊！
所以用尽了剩下的名词
也用尽了这血肉之躯

取 暖

是谁说,"你一个人冷。"
是的,我,一个人,冷
我想,我还是抱住自己
就当双肩上放着的是你的手臂
就当你的手臂在旋转我的身体
就这样闭着双目——
头发旋转起来
裙子旋转起来
血和泪,幸福和温暖旋转起来
"你还冷吗?"
我似乎不冷了
让我的双手爱着我的双肩
就像你爱我

春 雪

某个春天,它那个夜晚的
漫天雪花
从半开的窗扉一直
飘进来
从手心,到血液里
我无法入睡
无法禁止颤抖的双唇——

"多么大的雪啊!
多么安静!多么白……"
一种我那个年龄不能言喻的
美,和它甜蜜的暖,与清香
将童身覆盖……
我来不及
把飘飞的雪花与燃烧的炉火
一起写在纸上,太阳
就出来了,融化了积雪
仿佛一瞬间梅花开尽……
后来,你遇到的一首诗
在一本书里,短暂而温暖
它写的是春雪,是炉火
是我们的灵魂初恋的夜晚。

爱情病

一道道闪电
劈开身体

很快变成绣针
将战栗缝合……

到处都是疼痛
而心尖的疼为最甚

再次的闪电
已变成再次的破开与撕扯

雷声
不断追逼

不过是丝绸被扯裂
不过是天空抖动它过分的忐忑

无处躲避,但有药可医
只等时间送来好天气

◎扶　桑

摇　动

我察觉到它，又一次
被摇动——
每一片叶子耸立
像拱起脊背的猫

住在我左边胸腔里
它怦怦的跳动却不属于我
它的伤心、生气、喜悦、嫉妒
却不属于我

有人打墙外走过
吹着轻快的口哨，又一次
我的伤心、嫉妒，瘸着腿像
一只狗，跟着他去了

我在这里

分开以后我才察觉
我的燃料还没有用完
我在这里。我陪着它，这个小小的火堆
它烧着自己。它的火焰

菊花形
我在这里。我陪着它像独自上坟
一个婴儿的坟
我陪着它,慢慢
把自己烧成干净的灰。不须风吹

山峦在秋天是最美的

山峦在秋天是最美的
树木变幻出众多的色彩
我注目一株槭树最早的一枝红叶
我看着
而虑及冬天
已离此不远

曾经有一个冬天,不久之前
你藏身在你的声音里
每晚,像一阵雪花
推门而入,在我左耳
如下班回家

我们就这样相见了
整整一个冬天

那个冬天,我察觉到一种全新的语气

一种我从未有过的语气
当我和你说话时——
这语气改变了我,有如
微雨后的山岚改变了山

首先出现的是它,你的声音
如果我想你
像一匹马,马蹄哒哒
接着,才是你的脸庞、眼睛鼻子的形状
在它身后拖带的车厢里,渐明渐显

那个冬天,轻摇起我低低的笑声

曾堆满我左耳的谷物
被谁搬运一空呢?颗粒不剩
仓房怔忪于这骤来的、满腹空旷
幽暗中
一些灰尘,一种陈迹

……在这个世界上我失去了
你的消息

◎宋晓杰

骨灰戒指

这时候,肉身无用,就随云雨蒸发去吧!
连同人间的浮尘、虚火与种种烦忧
我跟随你秘密潜行于山水之间
无非是你增生的骨节
长途跋涉中,额外多出的隐痛……

昨夜的梦中,无悲无喜地,我死了一回
轻如骨灰——即使浓缩,也无足轻重

人群四散,你下意识地低着头
小心转动着指间的戒指
亮出我的底牌……
——亲爱的,原谅我先睡了
漫漫长夜,你尽可以一寸一寸地疼

柿子树

像苹果树一样
它常常出现在电影、小说里
带着家常的温热和宿命的光辉
我一直记得那年的宋庄

魏克和漠子的潘安大院里
那棵深秋的柿子树
值得我歪着头郑重地仰望
早炊温暖的炉火,又使它额外
蒙上一层清霜

那天,我在水果店里遇见柿子
它软软的,鲜亮的橘色,圆润可人
但我不想碰它——
离老年还有一段距离
不过,我只找它的"软处"捏
——个人与它终生为敌
因为爱那个人
我颤抖着心,无缘无故地恨它

原 谅

原谅你在最好的时候,没有遇见我
原谅你不讲道理的信任和果决
原谅你三步并作两步的爱、侵扰和掠夺
原谅你说得少、做得多
没有让耳朵享受到美妙的音乐
原谅你金光闪闪的外壳
原谅你音讯杳无,却能安然入睡
哪管风声鹤唳,我是陀螺

原谅你偶尔自暴自弃、失意、脆弱
原谅你,那些我恨入骨髓的毛病和习惯
你却死不改悔,从不认错
原谅你时而没心没肺,时而一条道儿跑到黑
新的苦旧的难,一件都不说
原谅你,打牙往肚子里咽
连葡萄皮也不吐
原谅你把自己养成孤灯、只影
夜夜横泊的舟舸,在波光里打转儿
在人群中,嬉笑怒骂;独处时
却坠入黑洞的漩涡……

在草原,我也原谅了自己
不再追究,不再计较
原谅了那谁、那谁谁曾犯下的错
——否则,我的余生,可能
永远无法辽阔

◎宇　舒

关于爱情

她不去参加他的葬礼
他也不去参加她的葬礼
他们各自，安静地死去

其实没有任何人死
要死也只是每天
死一点的那种死

堵车的时候，我就
趴在车窗拍金黄的树叶
这无法制止的枯萎，真美

写给11月6日的梦境，和它的消失

两个没有脸庞的人
两张真切的嘴唇
一个和我一样敏感、冲动的人

我是梦见了你，不顾失散了的爱惜
和老死不相往来的决定

不是我想回忆起
乱世里声嘶力竭
最终却不着一词的失散
（空气里我颓然离开）
以及更早的早年
我如何在弥散着奇妙体味的叙述里
遇见忧伤、恍惚、容易自伤的同类
不是

甚至我想，我梦见的并不是你
我只是梦见了，一个没有脸孔
的爱人，梦见我踯躅着
牵了那只瘦瘦的手，幸福像汽车
滑过减速带时的震颤，它不肯减速

它呼啸着向前，肯定就会撞碎什么
我对你说——
那就让我们彼此指认吧，
越过这个我们爱着，又怀疑着的世界
越过爱着，又怀疑着的人群
越过爱着，又怀疑着的彼此

……这时候，天就亮了
你依然是我的敌人
在找回了脸庞的清晨

致

你是只会捏泥人
捏爱的器官的哑巴孩子
怎样告诉你
只有我谙熟你的语言

怎样告诉你,已有很多年
我注视着你孤独的舞步
你彻骨的爱情,敏感得
在人群中没有伴侣,和我一样

而我是不能爱你的残疾人
不用告诉你
我有太多敏感的触须
唯独没有一条可以深入你

怎样才能慰藉你
除了睁着我炽热的双眼
写着我绝望的诗篇靠近你
在我空虚的邮箱里,等待你

致雪，致我的雪

25 年前的雪
落在 40 岁的清晨

已没有一颗钉子
能钉伤我内心的雪花

那个叫雪的人
一再飘进我，最虚无的角落

从我的体内，掏出风暴与雷霆
清扫我一碎再碎的瓷器
并给我最亮的阳光
最丰富的歌吟

……亲爱的，当他们说起雪
我就会这样，想起你

◎梅依然

唯一性

对于我们
时间正在死亡

太阳抛出无数条线索
你想抓住哪一个

我的乳房在你的手中
被捂得发烫——这是婚姻最初的模式?

母亲建筑了一座迷宫
我是她生命的一台关键设备

"我是谁"
"我为何而来"

生活是一个大设计师
将我们齐整整的摆放在家庭的位置

父亲和母亲
妻子、丈夫和女儿

这个世界多么具有喜剧性

我们如此而活
却不知自己最终将会汇入哪一条河流

形而上学

世界是圆形的
我感觉到
我的浑圆与你的
壮硕
传递某种特别的信息

星空下
我们睡在一张黑色的地毯上
万物之间
我保持着我的神秘性
你维护你的秩序

当我完全容纳了你——
就像一个好客的主人
接待了一个不请而来的客人
面对痛苦
我们总是自成一体

关于爱情

下雨的世界是一座旧时庭院
将雨和黄昏关闭在了
它庞大而昏暗的球形广场上
我的母亲善于编织
一只精于捕捉的蜘蛛
守在窗边,把那不多的爱
一点一滴凝固、成形
我的父亲悬挂于
那精美的网孔
像虫子一样安睡
我听到黑夜
在槭树林暗下来
轻抚我爱人像豹子
紧咬我红色肉体的诱饵
那完美的嘴唇

◎ 灯　灯

我说嗯

我喜欢你。轻轻地
叫我宝贝
我假装没听见。你就急急地叫
压抑的叫
像蜜蜂蛰在花瓣上
我红着脸。我说嗯

布拉格此时下雪

布拉格此时下雪，作为回应
雨落在江南
年轻的树木学会落叶，在我的仰望里
寒冷是一个高度，温暖是
另一个高度
樱桃来到小女儿的唇上，她舒展的
树枝，在梦中
弯曲，甜美。我因长久的啜泣
对事物，有了冬天的耐心
方糖融化在咖啡里
我想起你
布拉格此时在下雪

我的男人

黄昏了，我的男人带着桉树的气息回来
黄昏，雨水在窗前透亮
我的男人，一片桉树叶一样找到家门

一年之中，有三分之一的时光
我的男人，在家中度过
他回来只做三件事——

把我变成他的妻子，母亲和女儿

手指在散步

星辰在屋檐上散步。我的手指
在你的五官上散步
雏菊的香气，从小巷的深处
来到窗户
我的手指在你的鼻梁上散步，它已
成长为高山，内部
无数树木在生长，它们和夜晚一样黑
一样黑的它们，长不大也在生长
不见阳光，不见阳光也在生长
我的手指在你的唇上散步，很久了
它失却了它的语言

飞不出去的鸟，在你的喉咙里扑打冬天
我的手指来到你的心口：
这里，刚刚熄灭一座火山

◎宇 向

街 头

顺便谈一谈街头,在路边摊上
喝扎啤、剥毛豆
顺便剥开紧紧跟随我们的夏日
它会像多汁的果实,一夜间成熟
又腐烂。在夏季

顺便剥开紧紧跟随我们的往事
还有那些黑色的朗诵
简单的爱
我们衣着简单,用情简单
简单到　遇见人
就爱了

顺便去爱一个人
或另一个人,顺便
把他们的悲伤带到街头

我真的这样想

我想拥抱你
现在,我的右手搭在我的左肩

我的左手搭在我的右肩上
我只想拥抱你,我想着
下巴就垂到胸口
现在,你就站在我面前
我多想拥抱你
迫切地紧紧地拥抱你
我这样想
我的双手就更紧地抱住了我的双肩

所以你爱我

深夜12点,你已睡去,而我还在电脑前,敲下这些字句
所以你爱我

一整年,你看到雪穿过窗缝,炉火也积聚着冷
所以你爱我

你步行穿过我少年的花园,即便赤脚,也能听到蚂蚁的尖叫。而周围没有一丝风
所以你爱我

也许你写作,最好写诗一样的小说,不相信宗教,不相信政府……不去具体命名任何事物。不相信爱情
所以你爱我

一天,你想起儿时在养马岛,海潮将叔父的尸体和一条渔船的残骸一遍一遍冲向海崖,后来,那声响经常在你噩梦中充当一种敲门的方式,而当时,你正在和小伙伴们玩一种叫作"拔油油"的游戏
所以你爱我

梦境使体液宽广、思想得以自由,唯有时钟同入睡前一样,沉默不语
所以你爱我

夜晚,你在伤心中饮茶,并和 S 一起观察了一会儿茶叶末子,当时没有点灯
所以你爱我

你在某处街灯下行走,白天在阳光下行走,都没有见到自己的影子
所以你爱我

我们曾经面对面,住得很近,不相识的日子却蛇一般漫长
所以你爱我

30 岁以后,你看到往事已不再是夜空中的星星,它们有理由像螃蟹一样横行于黑沙滩,就掏出被旧恋情伤害的心。妈妈说,该成亲了
所以你爱我

该成亲了。呵呵,你以抓阄的方式爱上了我
所以你爱我

我的爱取决于你
所以你爱我

你走路很慢,因为你老了,所以你爱我

我说:那么,来吧

◎衣米一

第三地

它在不远处
有宽阔的床
浅灰色家具
我们从窗外笔直的马路上
走进来
卸下行李
恢复到简单
这里不需要太多的光明
窗帘终日低垂
风吹动帘帷
风是唯一的外来物
现在可以了
除了灯
就是我们在发亮
我在你的上面晃动
很白
有流水的声音
你说是万泉河
穿越了身体
它吞噬着美
制造着美,永不枯干

酒店用品

它们租用我们
我们的身体成了它们的工作间
梳子牙具沐浴液
按照自己的法则
清理我们
从皮肤到牙齿
疏而不漏
泡沫成团涌起
水
顺势而下
每到一处就创造一处小世界
我们视这一处光洁如新
适宜复活
或者诞生
针线包缝合厮磨落下的扣子
缝合我们的空隙和深渊
我们不能否认
我们是带伤而来的
在旅馆
黑暗吞噬我们就像岁月
吞噬我们的青春
它吞噬得越多
我们就越沉默
它吞噬得越快

我们就与它等长等宽等高
这是一个没有旗帜的领地
我们成了彼此的旗帜
我们物质
我们不灭

◎从 容

纪念一个寓言

我是一个不肯长大的女人
一生都在寻找外公
在遇见你之前
我的眼睛被蒙上灰布撞得乱云飞渡
只是名字叫从容
今晚将和你坐在摇椅上
成为你白头发的新娘
你写了云一样多的两个字
他们就给了我们天涯
我做了你的妈妈你的小姐姐
而你将为我一个人烧锅炉
在一座石头房子里
紫砂壶刻着从容,她和茶水
一起沸腾
有一天,我们都离开了这个世界
那只摇椅
被陌生人推动着
偶尔摇晃

去那里

如果可以
在过去现在和未来的灰白色深巷里
一次次遇见一个人
你一见我,就把传家宝交给我

我们会建一座白色灰瓦的房子
叫它"菩萨厅"
你在房子里弥勒般微笑
每一扇窗棂都沾满我们的手印
早上,你推开窗户对我说
我们去吃天上的光
晚上,我牵着你的手一起去吃
落日黄昏
石板路上,你老了的脚步声和着
我轻声的密语

我希望你活得比雕花木椅还长久

第一次见你褪去衣服后的疤

那是从未在众人面前显露的
生活的另一面,你的另一张脸
用布遮蔽,秘不示人

不完美的洞穴,被挖掉的眼睛
残忍地裸露在我的眼前

上天用这个黑色的疤提示我
你秘而不宣的悲伤
不能和任何人说起,如同我们的爱情
你把悲伤坐在悲伤下
板凳与棉布磨损你黑色的童年

一秒钟前深情的凝视
转身,骨盆的黑色蜘蛛让我胆寒
我们都无法控制人类的善变
这黑色的幽默多么无奈,我不能
奉献你一个精湛的美容术
让她如你前额般光亮
我为你丑陋的疤痕哭泣

这一生,你是否把最难掩
最不可示人的黑暗
当作礼物送给了我?
亲爱的,你用几个世纪的仇恨
在身体上挖出这黑色的陷阱
如此狂野地引诱我此生一起陷入

亲爱的,我多么渴望
你黑色的伤疤
被我凝视时,成为我

◎杨碧绿

讲情话的人

九月,已入秋
讲情话的人,闭门不出
谈情说爱,能顾及的事物
越来越少
讲情话的人,将全身的鱼鳞翻开,让体内
彼此的唇,种上玫瑰
他们要说的情话,比大海涌上来的潮水略多
带着海的咸湿,牡蛎的温软
爬上月亮的最高处
就再也没有落下来
我该告诉你什么情话呢!
在这如此寂静的月光下
此刻,我想你
但我什么也没说
我只是想象一个说情话的女人
奔向一个说情话的男人时
身上所呈现出一滴水珠的光芒,在此前
他们都一直隐秘、孤独地活着
在月色抵达人间之前
我们要说的情话,有多长,有多宽,有多辽阔
做完这一切,我们该好好睡一觉了

月光下的鱼尾纹

与一个男人谈论他爱的女人
这和在月光下，与一棵大树
掏心掏肺交换彼此的呼吸
充满春天诡秘的气息
早些年，她咯咯地笑，他唤她小妖精
晚些年，她浅浅地笑，他唤她心肝宝贝
从女人身上慢慢流淌的时光
雕刻着岁月掠过的苍凉
女人望向他时，永远是那朵
一浅笑，就脸红的桃花
他的城池，被一尾带着鳞光的鱼，掏空了
某天，男人对女人说，我喜欢你的鱼尾纹
女人的笑容在月光下凝固，突而，咯咯地笑
鱼尾纹如一片扇子，男人说，他就这样爱上
这个女人没心没肺，只有傻傻的笑
这和查尔斯牵着卡米拉的手
走进婚姻的殿堂，一样的真实

凤凰花又开

你在飞，在一片碧绿的海之上
这千万堆取之夕阳的火，放肆地燃烧着
在人来人往的路上，在我今生路过的拐弯处

亲爱的，当你用积攒了一生的温柔说：你愿意吗？

我愿意。是的，我愿意掉入你亲手点燃的火海

这玫瑰的火红，我确认，它就是，来自你体内
最后一场轰轰烈烈的爱情

纸玫瑰

你是静物
摆设在玻璃器皿上
纸做的，不施胭脂，和画眉
并少言寡欲
把情节省略成一截打了结的麻绳
这都不妨碍他们
把你当作花
他们喊你玫瑰的时候
情欲就大片大片茂盛出来

◎赵 四

乘

我无依的灵魂水母般向你张开
透明,无辜,不知道自己身带毒素
它只在你的凝视中感到亲密温暖
你爱怜它,是吗?
它注定是属于你的
无处不在的你,此刻就在
行进地铁大水壶般的晃荡里水绿荧人
而我是你的一粒小颗的水珠乘客
你一望即明
我体内颠簸着属于你的水分子的呼应,对吗?
吮吸它吧
过于喧嚣的疏离
我愿在你的怀中脱水枯萎
彼时,将会有一团银亮
允诺给你
一架自你的掌上冉冉升起的
属灵的近地飞行器

在一道闪电中

今天一整天我都生活在一个奇异的瞬间里

阳光缺席，万物清亮透明
树叶像绿色羽毛，日光是一朵朵
接连开放的白玫瑰
我走在街头，如同行在世界的船头
轻晃的风的涟漪里，静谧
似映自我广大辽阔的青绿心湖
但其间有我认不出的声音，洗练
如来自一块巨大的镜面——柔韧的轮廓线
敞开，素洁踏进银光闪闪的深处
千变万化的一切都已溜走，克制和矜持
也折叠好自己然后突然消散
寂静中珍珠母色的等待里
焕然一新的爱露出它的触角，我听见
那尖细的破壳之声
是最为必需之物正离开蒙尘的寄居之所
一步步走向真正的行动。和我寄身在
同一个梦中的干枯大地啊！你听到了吗？
在一道闪电中，我正先于你醒来
为你降下那随雨点同来的春的甘露

爱情锁

降在你我之间的雪花和距离
皆有细碎的亮度，冰用晶莹
刻画自己明澈的高冷，我用遥遥爱你

抱拥"活着"里热度的桎梏。那一天,独自

在锁的墓园里,霍亨索伦桥上冷雨锁冬
一个时间点忽然掉出锁链墙,1971.7.26
我找遍半座桥看见的我出生前的一个年月日
在一把锁的圈套里再一次找到自己

留在往昔热望中的一半目送
一粒纯粹的时间从多年的隐姓埋名里现身
在又一个注意到它的人身上复活
一粒时间的燧火石

携其丰盈、永生之冷擦亮想象晦暗的犄角……
我继续寻找,快冻僵之前,另一把锁上
1956.7.14,你出生之前的时间,现在是你
站在它面前,看着另一个时间点

一点点显出它之纯粹性的天边鱼肚白
这叠映的心像——我的爱情锁
锁定了此刻,爱的记忆——
以一整座铁索桥及满桥爱情锁为此刻的门牌

◎晓 音

子夜的祈祷

从现在起,我要好好地活
用冬天的冰块装饰窗户
用温暖的语言和文字填满小屋

我只能用这种方式诱惑你
也只有它们
才能让我立于不败之地
打败所有倾心于你的对手

也许,我们还会有一个酷似你的儿子
让我来教会他优秀和智慧
告诉他:冬天
该用什么样的冰块
来堵住透风的窗户

可是,今夜,我如同行走在
磷火的光焰上面
虚无缥缈,无所依驻

爱人,我拥有显赫的地位
却常常孤立无助。这一年
春天早发的雨水

让我的婚期
一误再误

我们将在同一个时刻死去

这个夜晚
当你厚厚的镜片后面
不再闪烁着
那让我心悸的幽幽蓝光
你便离我近了

今夜,你让我晕眩于你咄咄逼近的呼吸
如一个溺水的婴孩
拼命挣扎,却逃不出泛滥的洪水
给我一支指头吧,爱人
握着你的体温和喘息
今夜的真实让我浑身充满快意

而我们的脚下就是万丈深渊
再向前出一步,今夜
我们将双双粉身碎骨
我们没有能在同一天出生
却要在同一个时刻死去

爱人,迎着我,摊开你的手掌吧

今夜我想做一只熟透了的果核
静静地躺在你温热的掌心
为你抽枝发芽
再为你绽开一树灿烂的花朵

乞力马扎罗的雪

这是一场罕见的雪
我的柴门在月光底下
铺满了洁白的雪花

这是雪吗？这是乞力马扎罗的雪吗？

几丝清冷的月光
在雪地里闪烁着几星清冷的光芒
一星、一星、一星
……

在这个夜晚
总是让人想到了
凌驾于我们之上的乞力马扎罗的鸽哨
和一些被我们曾经选择过的种种
要活下去的方式

在这场罕见的雪里

再不会有人来轻轻叩响
我那单薄而脆弱的柴门了

可是,死去,就我一个人
孤独地在这个乞力马扎罗的夜里
寂寞地死去
谁会来接过我这支
充满了死亡气息的笔。谁!谁!
谁来为远方的情人写下这
乞力马扎罗的死亡之夜呢

就这样死去,就这样
一个人静静地
躺在乞力马扎罗的雪地里

◎ 横行胭脂

北方平原上的爱情

你说我们重新开始吧
我们重新开始吧
我也想在北方的大平原上在父亲的家重新开始
落日下山之前，吉辉穿透整个平原
电线合唱团连接着一个村庄又一个村庄
平原空中的部分，还包括一棵白杨树枝干上托举的一枚鸟巢
是一棵白杨树，不是一群。是一枚鸟巢，不是一群
是少。不是多。这是父亲家不远处的景象
这是二月。落日的黄金让一丛水洼身披袈裟
去南方过冬的鸟群还没有返归，这没有关系
旷野还寻不见春意，显得空寂，没有关系
你说我们重新开始吧
我们重新开始吧
北方的平原冰雪初解。北方的星辰即将布满天空
夜来了。我地面的矮屋子，我的窗棂，月光的珍珠足足一百颗！
这样描述，你也知道我是个诚实的诗人——我不说一千颗！
平原上的夜莺比我擅长抒情，并且它们知晓夜里村子里的情事
我也想赶走去年鸟声里的沙子和锈

我也想在你的膝上过夜
让不容易的人同在五点钟醒来
形成时间上的依赖关系
我也想说我们重新开始吧
我们重新开始吧
你也想在北方的大平原上在父亲的家重新开始,是吗?
"而爱情消失在体内,一切已寂然无声……"
"而爱情消失在体内,一切已寂然无声……"

思　念

秋天色块的祖国
枫叶的礼拜堂
太阳出来了,一座城市在光影中摇摆

野兔穿过平原,向更广阔的田野致敬
下午的高速公路串联起每一个狭小的车站

她携带着大提琴低涩的旋律
踟蹰在城市和郊野

一个站台比一个站台遥远……
一片枫叶飘落,那个卡在嗓音中的名字就
被覆盖一次

所有的高速公路都不能抵达远方
远方因为遥远而格外遥远

因为时间，因为丢失的语言
因为新的空气改变了旧日的屋子

大提琴变瘦了
那颗泪珠的盐在秋天的光影中摇摆

她渴望得到那种古老的交换
风中的全部意义

◎郑小琼

艺术带沉思、欲望和情感

艺术带沉思、欲望和情感，道德囚禁的
美与肉体，清晰的线条、山丘、爱
不清晰的性、身躯，发光的生命之汁
丰腴的女性果实，乌发的枝叶，粉红的
果实，我诗歌中的词、句，在黑夜中升起
潮水，它们唤醒肉体里沉睡的部分
我逐渐丰盈的身体，赐予神秘而幽暗的洞穴
我身体里隐藏着星空、女巫、花草、山泉
来自欲望与身体混合物，肉体带给我漩涡
丰满而殷红的母贝，这肉体欢乐的时辰

支撑着欲望的爱，我生活的欢乐等等
……品尝我的肉体的汁液……你凸凹的肌腱
有力的关切与骨骼，裹胁着力与雄性的美
像暴风吹过女性的港湾，掀起肉体的风暴
我，沉默的女巫，在风暴中舞蹈，像月色
洁白的肉体舞蹈，它沉浸于你的风暴
而又拒绝，它有着女性羞怯的、迟疑不决的
表达，在躯体与躯体的靠近间，触及的手
唇，像海鸟般掠过的敏感，它向你归顺
饱含着美妙而痛苦的节奏！

肉体与生命的热力吸引与辐射，颤抖而蓬勃的水草
生长，蔓延，缠绕，舞蹈的潮水与肉体，风暴
从身体内滋长，这成熟的蜜汁闪亮于幽暗的群峰间
在艺术与美的气息里，剥开它，剥开女性的荔枝
剥开这纯粹的拒绝的道德的果皮，我像一颗被剥开
多汁的荔枝，溢满着幸福的成熟的肉体

◎苏 浅

入 画

想象一种可能的方式
打虎,但不醉酒,也不过景阳冈

路遇武松,就叫他兄弟,抱拳,问好
喜欢他,但不能脸红

一路婉转,相谈甚欢
他看到桃花,我想着猛虎

更深的蓝

现在,我特别想念,海
它湿润的蓝
如果我一直想下去一直想下去就和
想你
一样了

致大海

我爱你。时光流转,这一场际遇远大,辽阔

这波澜，这风暴吹在心头，完全出自愿望
这自由。我爱你，你不在我的身后
不在任何我看不见的地方。你在我的生命里
是我最生动的那部分；你是我爱
而呼吸着的那部分。夏季茂盛。炽热。你就是黑暗
是梦

是汹涌的年华带我衰亡
是死亡需要我

冬天是最好的爱人

他从西伯利亚来
这是他爱你
他冷到彻骨，这是他爱你
他的抒情是漫天风雪
这是他爱你
他经得住千万里荒野的寂寞
这是他爱你
他从不说爱
但他的沉默
纯粹，透明而清醒
——这是他爱你
他终于有了悲伤
这是他爱你！

恒河：日出

只是因为遇到，就爱上你
只是因为我曾是黑夜
而你使我醒来

站在三月，就是
站在悬崖边上，向前一步
我就到半空——
是你给我前后左右都是春天
使我的局限被一种伟大宽宥

水火交融之间
我感到生和死的距离就是我走向你
就是一个涟漪
慢慢归回一个没有

只有你知道
怎样的告别都不会让这个早晨消失

◎西　娃

调香师

我后颈和耳郭
在承受你舌头划过的波纹线
你像冬季荒野上
寻找青草的牛羊，唇和鼻息
让荒野感受活物的生命力

我低着头，声音里
有关于迷迭香的调子
它渐渐消失，与没药野橘味道
沉落一起……

你没声音了
我也再没有
我们身体里的香气与汁液，渐渐溢出
性爱正将我们无声萃取

我比我的年龄提前知道

亲爱的，你再没有音讯了
我也不想再听到你的
任何消息

你送给我的"钻石"项链
还垂吊在我胸口上
这心形的项链
我配着真丝衣裙
已经佩戴了 20 多年

我早就知道它是假的
我把它当真的带
就是假的我也能把它带成真的
就像你无数次骗我
我把它当真的

我比我的年龄提前知道
某一天
再找一个如你这般用心
骗我的男人
会有多么难

给您——吾爱 5

曾经那么多个,夜晚
我坐在单人床上
头埋在膝盖间
泪水黑暗一样汹涌
 "我的男人,你在哪里"

这几乎是一个女人
用全部心与灵
独资的一份仪式和祈祷
一年又一年……

此刻,我就躺在你身上
我们交换过体液与狂欢的身体
温度和满足是这么等同
似两个,又似一个
我一遍一遍抚摸你的脸
仿佛眼睛不能证实这一刻
腹部不能证实这一刻
必须加上10个手指的触摸

灯光下,你静谧如深夜
一如在我仪式与祷告之间
突生的新幻觉

给吾爱·21

你之前,你之后
都不再可能,也没必要再有了
这样的夜晚和情景——

11点半之后,我尽量腾空自己

焚香,沐浴,安静地坐在地板上
等,安静地等,空寂地等,屏住气息地等……
我的生命由无数个等组成,从一种等
跌入另一种等,已成为我无力改变的宿命

我明白自己在等什么,会等来什么
一场新的仪式,一场无法理喻的禅悦——
你会出现,在无尽繁忙和劳作之后
在一天的尽头另一天的缝隙之间
你会出现:当睡意把你逼到梦境的边缘
你不会忘记用几秒时间,仪式般地一句
"心爱的娃娃晚安"

我如一个等待闪电或雷劈的树,迎面
在这一道光里观测什么在掠过我的心和脸
它成为我一天中最辉煌的一刻
也成为我一天最寂灭的一刻……

◎ 萧　萧

今生遇见

我的小宇宙已被你打开
隐瞒在世俗里的星辰都在发光
涌向那条秘密的通道
奔向你

那些带电的数字与字母
那些着火的词语
今生遇见，会烧伤自己

你要退到三里以外数星星
然后隔岸观火么
我触碰到你向左的呼吸
慢慢冷却下来

那些我们之间发生的前朝旧事
会在一次打碎的诺言中
再次风生水起

那一夜

那一夜，躲着寒风

我走了一生的弯路，来到你的面前
你用一杯清水，让我坐下，抖落前尘
然后，端出一杯绿茶的距离
坐在我的左侧

你越来越紧张、慌乱
偷偷地深呼吸
在一句话的半途停了停
突然抓住我的手说：
"心里早就有鬼，跳得好快"

我摸着你满怀小鹿的秘密
才明白
半世情缘悬在心尖
桃花为你在我脸上误入歧途

你用了两年的克制来等待
而此时，导火索被你一点燃，我就爆炸了

痛和一缕死亡的青烟

这些年，我一直在酸楚
这朵空空的云中
最喜欢的人，在气候外变冷
在命运里挣扎

一夜之间，被内心的大风吹到了天涯

坏消息像一场暴雨越下越大
我撑着伞，雨在空中突然停止
记忆的疼痛从半空瓢泼
我浑身发抖，无处可去

一场春天的鹅毛大雪，短暂而诡秘
世界变态，浮在冰凉的水面
我悄悄流泪，雨雪
又在我的脸上下起来

伸手触摸，痛和一缕死亡的青烟
从指尖爬上额头
秋天的死皮在冬天的脸上削落
爱，一步跨进了冬天
我用疼到骨髓的伤口斟酒
一生一世，嫁给了空气

◎娜仁琪琪格

然后停了下来　又是十年

我想停下来　什么也不干了
用十年的时间写一首诗
慢慢地　在某一些关节上
精雕细刻　轻轻抚摸
我一再想到　那个冬日　暖阳
时光的鳞片上　两条腾跃沉伏
沉伏又腾跃的鱼儿　它们反反复复
刺伤了我的双眼　让我在那里找到温存

我想停下来　找到那枝玫瑰
那束百合　那几朵白菊
她们在路上缓慢地走着　她们不曾被谁领走
我想停下来　找到疼痛
战栗　在寒中找到暖
找到丢失多年的泪　一个女人不再有泪光了
也就不再美　我想在泪光中
再次看到你的惊慌　喜悦
手足无措　孩子般的眼神

如果是这样　我再续上十年
往下写这首诗　轻轻的　慢慢的
然后停了下来　又是十年

青花瓷

轻轻地旋转　在水波之上
花香席卷着春波　哦　那暖阳
绿招摇着　它的轻软与喘息
仿佛是烟雨江南

当它出现　就是一次圆满
就是一次脱胎换骨　从一朵云到一个
青花瓷　或者说
从水珠到云到青花瓷
亲爱的　请捧紧我
——我是你的青花瓷

当我喊出青花瓷
我是你的作品　是工艺　是天地的精华
向你讨要　这一生的呵护与不舍

高山流水

一再说到苍凉　闪烁的泪花　来自冰凝的霜
我深得自然的道理　他给予的慢慢都会取走
春天已远　秋天渐深

越走越孤独　淡定从容　是用风华来交换
一边走一边看风光　我已不在其中
那些必要经历的，每个人都躲不过

我深得自然的道理了吗　一株巨大的老槐树献出的品酌
与风华正茂相遇　还是被盛开所裹挟　盛开是一条激荡
的河流
催动两岸的风　一轮月儿升起　低伏于月华皎皎　低伏
于花开

可以弹奏一曲了　《春江花月夜》　或《高山流水》
它们在我的生命中放置太久　喑哑的弦　重新获得
光芒　尘年积压的灰已被轻柔拂去　水亮软化一颗冷
却的心

泪水涌出的一刻　是无限的苍凉　我用上凋零　用上
残缺
用上无法圆满　用上一曲终了的离散　用上修炼半生
得来的沉静
此生绵绵无绝期的祝福

◎余秀华

我爱你

巴巴地活着,每天打水,煮饭,按时吃药
阳光好的时候就把自己放进去,像放一块陈皮
茶叶轮换着喝:菊花、茉莉、玫瑰、柠檬
这些美好的事物仿佛把我往春天的路上带
所以我一次次按住内心的雪
它们过于洁白过于接近春天

在干净的院子里读你的诗歌。这人间情事
恍惚如突然飞过的麻雀儿
而光阴皎洁。我不适宜肝肠寸断
如果给你寄一本书,我不会寄给你诗歌
我要给你一本关于植物,关于庄稼的
告诉你稻子和稗子的区别

告诉你一棵稗子提心吊胆的
春天

穿过大半个中国去睡你

其实,睡你和被你睡是差不多的,无非是
两具肉体碰撞的力,无非是这力催开的花朵

无非是这花朵虚拟出的春天让我们误以为生命被重新
打开
大半个中国,什么都在发生:火山在喷,河流在枯
一些不被关心的政治犯和流民
一路在枪口的麋鹿和丹顶鹤
我是穿过枪林弹雨去睡你
我是把无数的黑夜摁进一个黎明去睡你
我是无数个我奔跑成一个我去睡你
当然我也会被一些蝴蝶带入歧途
把一些赞美当成春天
把一个和横店类似的村庄当成故乡
而它们
都是我去睡你必不可少的理由

爱

阳光好的院子里,麻雀扑腾细微而金黄的响声
枯萎的月季花叶子也是好的

时光有序。而生活总是给好的一面给人看
另外的一面,是要爱的

我会遇见最好的山水,最好的人
他们所在的地方都是我的祖国
是我能够听见星座之间对话的庙堂

而我在这里,在这样的时辰里
世界把山水荡漾给我看
它有多大的秘密,就打开多大的天空

这个时候,我被秘密击中
流着泪,但是守口如瓶

雪下到黄昏,就停了

雪下到黄昏就停了,而时辰还是白的
这白时辰还将持续,如同横过来的深渊
万物肃穆。它们在雪到来之前就吐出了风声
"海底就是这个样子"。那个一动也不敢动的人这样
说

"我这么白的时候,他来过
那时候他痴迷于迷路,把另外村子的女子当成我
他预感不到危险
因为这倒过来的深渊"

后来,她看见了许多细小的脚印
首先是猫的,慢于雪。然后是黄鼠狼的
哦,还有麻雀儿的,它们的脚印
需要仔细辨认:这些小到刚刚心碎的羞涩

……它们是怎么来的呢,哦,这些仿佛陡然
生出的秘密
在她点燃一根烟,在她往天空看的时候
或者,它们本来就在这里了

这白时辰里,她喜欢深色的事物
首先是即将到来的夜,然后是生活
接下来是爱
最后是她自己

唯独我,不是

唯有这一种渺小能把我摧毁,唯有这样的疼
不能叫喊

抱膝于午夜,听窗外的凋零之声:不仅仅是蔷薇的
还有夜的本身,还有整个银河系
一个宇宙

——我不知道向谁呼救
生命的豁口:很久不至的潮汐一落千丈

许多夜晚,我是这样过来的:把花朵撕碎
——我怀疑我的爱,每一次都让人粉身碎骨
我怀疑我先天的缺陷:这摧毁的本性

无论如何,我依旧无法和他对称
我相信他和别人的都是爱情
唯独我,不是

◎白　月

情　人

我们相同。相爱
我们的爱相同

我们亲密如我是你亲生
我们疏离，如亲生父女

把我嫁出去吧

第三者

我已经无法想象自己温柔的样子
我和你还在一起

头和头在一起
手指和手指在一起
大腿和大腿在一起

我们的叹息也离我们远去
我们，太具体了

爱是第三者，站在屋子里任何角落

从各个方位观看我们

偶尔,还会有一场色情电影

个 案

此夜,不明。朝墙撞去
善解人意的墙,柔软得像一个
怀抱。你挣扎了半天
你后悔了。但它高兴,它越来越兴奋
更深深地将你拥抱。直到你啃完它的砖头和泥沙
直到它变成一个无底洞。你才发现
这陷阱是自掘的坟墓

◎颜梅玖

草木缘

"喜悦开始了新的一天"
我一路回想着这句话
喜悦是突如其来的
我拿着一枝黄色的野花
坐在安德鲁·怀斯的画里
这是明朗的四月
树叶从我的头顶轻轻飘落
仿佛命运又带来一副
幸运的纸牌
蚱蜢愉快地从草丛中蹿了出来
在前方不停地蹦跳
好像为我引路。只要在林中
我的血管就会流淌出
绿色的汁液。周围那些
身体轻盈,有着甜美阴影的
蕨菜,三叶草,马兰头
默默地环抱着我。我知道
它们有着喜悦的内心
就像此时的你,和我

你的孤独

在你的孤独中,雨越下越大
你提起的事情
我一件也不记得了
我们之间,连回忆
也变成了你一个人的事情
我几乎失去了记忆
或者说,庸常而忙碌的生活
让我顾不上回忆
更顾不上生存之外的事情
现在,我只记得眼前
我忘记了曾经富足的日夜。上个月
我连母亲的生日也忘记了

做晚饭时,我又想起了你的孤独
一个土豆被我削了很久很久
昨天我发现
我的头发又白了一些
我放下土豆,开始温柔地给你回信:
是的,是的,亲爱的,你瞧
你说的那些事
我全都记起来了……

旋 舞

我再次途经这里——
几年过去了
岁月有了许多变化
而北斗河边的白樱树
还是十六棵
不多一棵,也不少一棵
我依然和当初一样
喜欢在这里坐上半个下午
每一片花瓣都是那么纯粹
但现在,时间显然
已经让它们失去了控制
它们旋转着
在落寞的光与影之间翻飞
最后落在草地上
也落在河里,梦一样消失
像夜里
曾经落在我们耳边的那群词语——
密集,濡湿
带着绝望的甜美
记得那年四月
你第一次带我来这里
我是那么开心
现在我一个人
我还是那么开心

前面群山苍茫啊!
右面河水滔滔
当我躺在樱花树下
当命运的纸牌,旋转着
一遍一遍落在我的脸上

樱　花

赏完樱花回来,我开始煮粥
我在白米里先后加上山药、花生和紫薯
我站在窗边
一边微笑着摘扁豆
一边想着甜美的樱花

小闹钟发出轻微的声响
就像花瓣在轻轻飘落
橘黄的月亮,今晚熟透了
多好啊
清凉的北斗河也发出樱花的香气

好多天没有这么暖和了
沿着河边
我们肩并肩走着
我们说着樱花,樱花
我们都那么喜欢美好的事物

有时候，我也不那么悲观
比如下午
我们步入一大片一大片云朵里的时候
我们很近，你穿着格子衬衫
不时飘来若有若无的麝香

◎ 林馥娜

我不叫你亲爱的

我不叫你亲爱的
这个被滥用于任何人
甚至敌人身上的昵称
我喜欢轻轻地叫——我的你
从左读到右再从右念至左
它是互证互通的动态名词
是悬崖与深渊、激情与欲火、沙滩与海水
是贫贱夫妻,也是神仙眷侣
这个最朴素的称呼
就像人民与祖国,大地和万物

我要的如此之少

只是一杯茶
带着你递给我时宠溺的眼神
而我喝水的唇,是为了献出湿吻
每一个吻都是美妙语言
它是藏羚羊奔过草原
它是葳郁的水上小洲岛
它是山顶幽微的夜雾
它是一朵桃花小小的芯在风中轻颤

在夜眠与晨起时我把这杯茶又喝了一遍
我要得如此之少

如果你无处收藏我的辽阔

对于一颗爱着的心
无际的旷野并不太大
一个人的臂弯亦不算小

我的你
我用一个河谷的香气
一朵花小小的嘴唇
依恋你

游牧的马,漂泊的人啊
请你在八月
沿着丝绸之路
踏着前世的节奏归来

天山脚下的辽阔平原
盛开着我丰盈四溢的花期
我有淡紫的清雅
蓝紫的妩媚,还有红紫的奔放

如果你想带我去远方

就让我带上遍野的思念
如果你无处收藏我的辽阔
那么，请摊开你真挚的手心

今生我已不再化蝶
英台已不乔男儿装
一滴提炼的香水
就是我浓缩的灵魂

我深信
这灵魂之水的前调与中调
清雅与妩媚
足以让你梦蝶而蜕

而我并不叫你梁兄
我的你
我要以后调的奔放之香
让你在沉醉瞬间脱口而出：馥

◎孙大梅

塔尔寺的黄昏

你停留在我的记忆里
偶尔睡去
你睡去的时候,我已随生活的轮子
正走在路上
忘不了少儿时的相见,这一望便是一生

读小学二年级的时候
我得到了一个红色包装皮的日记本
打开后你突兀地立在了我的眼前
——神秘,古朴,悠远,不可解
这一望便是一生

多少年过去了,旅途中几经塔尔寺
我的感情一直在搏斗
我怕少儿时光里的你,被生活粉饰的
你已非你

我走过初夏的傍晚

我走过初夏的傍晚
雨后的街景连着忽近忽远的天边

走着走着,我忘记了我是谁?

初夏万物的果浆,日趋饱满
一些为香甜而来的人
一些翅膀上沾满花粉的小虫
千里迢迢
开始掉入,甜蜜的陷阱
我被风带上了一片云端
天上的仙境,让我飘飘然
忘记了一些扯不清的尘封往事
我从何处来?

我走过初夏的傍晚
一个记忆消失在另一个记忆中
总有新人闯入旧梦

纸　条

我珍藏着一些纸条
夜里我听见它们翻身的声音

里面有我的一些尘封往事
连着我青涩的部分人生
有的人走了
留下一页空白

白的似雪,依旧给我雪夜里的温馨
有些人还在路上
靠这纸上的灯光
照亮那些没有电的空旷
我喜欢它们散发草木一样的清纯
从低处而来的爱,不会脆弱
连着地气也连着人心

野草的力量、如此蓬勃、如此纯真
一次次悄然穿越复苏的纸上

旧时光

此刻,当我写下第一个字的时候
一切都已成为旧事
光的影子掠过相对运动里的陌生符号

背影在开始就已模糊
幸福在递减率中,滑落
一些事物不辞而别,有时候
我已非我
镜中人在旧时光里走远……
偶尔回来
他眷恋尘世间的另一个灵魂
人,有时候是物质,有时候是精神

无论是物质还是精神
它们缺一不可,就像白天和黑夜
你的到来
我的离去
毕竟有缘在旧时光里相遇
尽管那么短暂

◎赵晓梅

紫色珠语

我迷恋上紫色的那个下午
夏天绿色的雨水停留在江岸
葡萄园中的阳光在紫色的珠粒间打盹
你就像一颗成熟的葡萄
激情澎湃地背诵着夏天每一行紫色的诗句

你说,你已为我栽种下万树葡萄
也为我准备好千缸美酒
我说,万树葡萄里只要一棵
用来垂挂来世的紫色珠语
千缸美酒中只取一杯
作为缔结一生的紫色约定

整座庄园,弥漫着紫色光阴
让迷恋的蝴蝶,飞舞在从淡紫色到粉紫色再到深紫色的梦里
那些葡萄和美酒的故事
在滇西北的庄园
诠释诗歌无法到达的遥远
让一朵紫色火焰在柔美的唇边沉醉

迷恋紫色,就像迷恋一束忧郁的目光

我依旧渴望,紫色长裙飘逸在幽幽山谷
紫色纱巾曼妙在青青河岸
我依旧渴望,佩戴紫色手串的十指紧扣
我依旧渴望,紫色味道的一桌晚餐
插满勿忘我的紫色花朵,散发紫色芳香
陪伴爱情的紫色甜蜜
我依旧渴望,深夜紫色的寂静
在黎明到来之前
为我打开紫色的情欲

迷恋紫色,就迷恋上你柔情似水的紫色珠语
给我吧!我要用爱情的泪水修炼成一百零八颗佛珠
在般若波罗蜜的咒语中
佩在胸前,作为终身不变的盟约

迷恋紫色,珠语光亮
我要让每一粒葡萄都会背诵
2014年夏季,每一天的诗句

用诗歌润养爱情

含着睡意,雨水还在梦中游走
想你,如天空跌落的雨水
一阵不顾一切,一阵优柔淋漓
那些彻骨的思慕,占据了寒凉幽暗的房屋

告诉自己,今天
就从一首弥漫着玫瑰花香的诗歌开始

整个夏天,我都在悄悄地为你写情诗
只有纯粹的诗歌,才佩得上做你的礼物
哪怕光阴镂空,我也要用诗歌填满你所有的岁月
哪怕我的世界只剩下一块丝绸
我也要绣上溅血的梅花和透亮的诗句
哪怕所有的雨露被天空收回
我也要用干净的泪水把诗歌润养
哪怕所有的人都背叛,我也要用诗情把你守望

我心仪已久的爱人啊
在我心仪的空间
你仍然是我生命中一面骄傲的旗帜
我尝试上帝赋予我的所有可能
在你完满的生命中
给我一年,或是一月
或一天一夜
也足够我把蓄存一世的爱倾注予你

我尝试爱的短暂快歌
尝试诗歌的忧伤舞蹈
尝试葡萄酒和玫瑰花混合的沐浴
尝试在人群中孤独的叙述
在寂邈的天涯寻找我心仪空间的你

尝试在熊熊燃烧的烈火中冷漠
尝试在碧波荡漾的湖畔与你偶遇
尝试隔岸的呼喊有你的应声
尝试在白雪皑皑的冰川
追赶你高擎火炬的身影
尝试我生命中的开放与凋落

我还将尝试,把你衰老的容颜
当作遍地开花的春天观赏
把你缺失牙齿后漏风的话语
当作贝多芬美妙的音乐聆听
把你满是皱纹干枯的双手当着甜蜜的甘蔗吮吸
把你佝偻的背影
当作伟岸的依靠
把你蹒跚的行走
当作优雅的慢拍舞步
一同走向夕阳西下的尽头

若有三生,定要问你
我爱你一世,你是否爱我一夜

◎花　语

世事苍茫

世事苍茫
有我达不到的
和去不了的
如你唯美，精致，挑剔又封闭的内心
如我年少轻狂，紫色淡淡
再也复制不了的丁香
如歌剧高亢，转弯处
我们来不及细细品味的花腔
如铁路道班铁轨
被来来往往的火车
蹭出的光亮

爱得迷乱，又荒凉
世事苍茫啊
来不及细想
恋人，你如何狠心
一次又一次，用闪电般的狠话
将我击伤

在这薄凉的世界上

我不能说,我从没找到爱
也不能说
宿命中的缺失,代表永恒
银杏叶扇形的手语,是金色的
它不属于冬天
你偏执到极致的唯美
我抓不住,只能想象

我变得越来越阴郁
越来越喜欢一个人走
旁门左道
看每一棵路过的白杨把伸展的枝杈
伸向空漠
善变的人心如刀
一个人,我不能说
孤独就多不幸福
又多凄凉

在这薄凉的世界上
谁不是一个人,要叠着自己的影子
回到来时的地方

倒带

现在
秋水回到荷塘
落叶回到树上
斑鸠回到不曾受伤的窝里
我回到与你不曾相识的秋天
无兰舟催发
无执手相看泪眼
我身背行囊,行走江湖
秋风乍起
有人一夜回到解放前

是的
我已不是昨夜那枚箭镞
虚发的爱情回到弦上
弹不了东风破
也要藏好
误伤了指法的拔片
叫不谙风月
骡子不爱吃新长的青草
那是它不懂情调
听好,天没有塌
我重新来过
胡笳十八拍的拍
和拍蒜的拍

都是提手加一个白
窗外，有隐约的雾霾

◎胡茗茗

我知道

乌云一步步将厚被子压下来
暴风雪告诉我的绝望，命令我
递上前额，在亲吻、刀子、弹奏里
有从上到下的歉疚，还有我的男人
和他的荒凉

天地模糊，湿滑里有恐惧之美
我担心听到车辆相撞的声音，担心
认真的雪把雪下得过于认真
我的男人，就在这担心里

白萝卜与牛肉在锅里纠缠
因为火，和油盐之苦
它们吊出彼此最深沉的香味
我知道，我的男人就在这热汤里

雪把血流给土，白把告白流向黑
天神把烛火点亮又慢慢收走
我知道，在这太快的流逝里
我的男人，他带着
要命的荣耀，吓坏了
我的手机　20:57:47

你是我的芳邻

探出你云朵的脸庞,推开木窗
接引我的闪电,和光荣的注目礼
所有的毛孔都竖起朝向你的小彩旗——
我爱你,爱你的羌笛,游走在诵唱里
爱你身体里的瀑布、天池和邓邓桥
爱你拨动一湖水,那涟漪全部涌向你
你是我的芳邻,是仙境,也是教堂
被唤醒,被学习,并接收反复地褪去
在我怀疑爱情时,你给了我答案

仿佛漫不经心,月亮挨着星星——我爱你
听着你的呼吸,蚂蚁爬在心里——我爱你
忘记所有欲望和指尖下的悲伤——我爱你
不依附,不恐惧,不大不小,不意外
——不死

你可以把它当作聘礼,也可以
把它撕碎,丢进风里。爱情
给了我最好的回报,你看
这万物此消彼长,我也是
伏笔和余音

大雪非雪，鱼非鱼

我用尽半生的肉身饲养一尾鱼
用信手拈来的句子装点鱼鳞
有如神助的意境涂抹它的好颜色
抱歉，它不是那么美，可它美好
善良，对人世温柔以待
它总是用湿滑的身体驮着我
钻进我的体内，我的心
它尖锐的双鳍是我对另一个我的警醒
让我享受短暂又享受揪心

我喊你：犊子。你说：乖
我喊你小哥哥，你说：唉
我喊你相看两不厌，你回我
别捣乱，我说：去吧去吧
你生龙活虎游了过来

我们吃冰冷的面包喝昂贵的
红酒和白后啤，幸福和孤独一样
小小，尖尖，忽然而至
你湿滑的脊背驮着我
驮着我，向星球的方向飞
向闪电飞，潮汐飞，向死里飞

你用鱼唇为我招魂，用抖动的尾巴

让我轻轻喊出了声,在你
睡去的时候我总在写诗
写长长的句子,而大雪飘飞
这落下来的小精灵,不仅是洁白
不仅盛大
还有微许的人间之腥

九　年

我爱尽了天下锦绣
针的暴力,线的棉柔
这进进出出的重叠多么和谐
如果丝绸说不出口
那刺下去的疼,一定是女人的

多少浓云翻卷都放下了,而我
胸有化不开的墨团,只能
描摹山水,不会小娇娘
绣箍上尘土太深,九年前
绣上的一朵海棠,还张着小嘴
有着河北口音和体香

我被卡在其中,断成两截
爱过的身体何其辽阔
里面的部分,九年

外面的部分，九年又九年

◎ 海　烟

彼岸花

是我们彼此错过的出生
换来我们永世的不能相见
我们的沉默
比诗更接近于安宁
你在你的叶里
我在我的花中
在同样倔强的根上
时间将我们安排得恰到好处
不远不近，不生不灭
我们永远不能并肩
走过这人世间的山水
当我为爱情死去
你便会得以重生
一个绽放的瞬间
是前世与今生的擦肩而过
这悲怆的生命的挽歌

之　前

之前，我相信爱情和神话
相信桃花渡，一匹马会驮来

春天的消息
之前我不理解蝴蝶斑、妊娠纹
时光的裂痕
是生活的馈赠
之前我不懂得悲伤、愤怒和怨恨
不懂得有些疼痛比伤口更为深沉
之前,我不知道时间和年华是怎样消逝的
一个肉体,只剩下空空的躯壳
被无声和静止覆盖
之前我过着安宁的生活
之前的每一个日子
都是好日子

春水流

只是睡进了唐诗或宋词的笺里
你有罗裙和银簪
搅动一江春水
你理解了春天,即使在黑暗里
也有蓬勃的想象
当你开始理解黑暗
这春之幽兰
便在你寂静的身体上开花
三生三世
时间慢得让你忘记了还有灵魂

长得足够用几千年
来遗忘所有的迷途
如今春水东流
一纸暮色已负了韶光

◎鲁 橹

我在白露中正渐渐绯红

尘世浑浊，敌不过爱情当道

当我听着蝴蝶和薰衣草调情
麻雀和一只灰白色翅膀的斑鸠
比我更早地落入花丛

我尝试着摸索流水过河
滑过脚背的鲤鱼儿，突然生长
鹅卵石的脚趾，有些滑腻和神秘

一只野鸭和青苔的耳语，令天空羞赧
云朵溜走，不做倒影
芦苇和荷叶，都愿意弯腰，甚至扭动

短亭里把酒的人在沉默
舌头纠结的瞬间，打马的人已飞逝
风停留的斜坡，葳蕤的青草漫过廊檐

你果真是在转角了，我的伊人
这个尘世，除了相爱，你怎么绕得过我
爱情当道，蒹葭苍苍，我在白露中正渐渐绯红

你多么静美

右手指个个冰凉
它们离你的左胳膊多近

列车把人群唤来,催散
我硬生生地,只不看你
千万个人我都看见了
可内心更加寂寥,苍茫

车开动,我去车窗上捕捉你的脸
——你多么静美
让我重新热爱四季

我是来人世收集尘埃的

天亮之前,你笑得更诡异
你知道我没有小蛮腰
手还算素净
没配玉,额头以下
你念过三世经
没叫出名字前　也会
相逢一笑

我是来人世收集尘埃的

遇不到你　我的辛苦是千滴汗
现在　它们是露珠
救活昨夜的废墟
我不是妖精
只是　借你的手
把它们撒播出去

我是来人世收集尘埃的
遇到你　宽广的尘埃
都已变成宽广的露珠

我们都在露珠里沉睡
不想　过完清晨

◎冯　娜

橙　子

我舍不得切开你艳丽的心痛
粒粒都藏着向阳时零星的甜蜜
我提着刀来
自然是不再爱你了

魔　术

喜欢的花，就摘下一朵
奇异的梦，就记在下一本书中
有一条橄榄色的河流，我只是听人说起
我亲近你离开你，遵循的不过是美的心意

故事已经足够
我不再打算学习那些从来没有学会过的技艺
唯有一种魔术我不能放弃：
在你理解女人的时候，我是一头母豹
在你困顿的旅途，我是迷人的蜃楼海市
当你被声音俘虏，我是广大的沉默
你是你的时候，我是我

◎杨碧薇

哎哟妈妈

站也不对,坐也不对,万般作为都不对
从湿淋淋的梦里惊醒,他还贴着我的泳衣
两个人,靠在水上乐园的滑梯边,静止
晨起拨窗帘,满院子阳光晃如乱剑
新鲜的生活就在门外,扭开锁
谁知道谁会向谁扑来
哎哟妈妈,女孩子怎么可以
一次又一次犯糊涂
怎么可以坐上狂想的火车
看车窗外田野浩荡,细雪粉金,每一粒
都裹藏着春天的信息
哎哟妈妈,春光是个什么东西
让人热得头发里是汗,领口里是汗的
是个什么东西

深海烛光鱼

两座海底峡谷渐靠渐近拢住水流往上挤
一次次,烛光鱼群驮起珍珠项链穿过浪头的玫瑰椅
像一列崭新的宇宙飞船我冲出海面占领七色光旋即被
吸入寂冥

圆满与虚空反复对焦，新纪元配合我珊瑚的密度更迭
不知这一刻你的历史中有多少星体醒着
你深入无垠，在时空的窄门与我相遇

◎红布条儿

我停留下来

我停留下来。视野内竟都是桃色
如果那个挥汗如雨的男人继续走在阳光里。世界就会
停留下来
一切都不会老了
诡异的城市也会因此温柔如初

白色更孤独

我爱白色
只有白色最浅。我们是白色的两叶草
我们爱自己的白
只有白色最深。深不可测
我们也清楚。没有比白天更白的颜色了
我们在白天里生活,拥抱,亲吻
爱一些死去了却活着的风暴。

◎艾傈木诺

别在,我骨头里放火

留着一丝气息,檀香余烬一样热烈
供我焦灼,回忆,怨怼,葬送这凋残的淡漠

我是屠夫,年轻的妻子,情人,祸水里养着的艳丽红颜
半世粮草,许与你,向你讨一对,平凡男女

我要藏好,我菟丝子一样的身世,我要躲闪甘草一样的回味
我要治疗俗套的感冒,我要放逐,我朝圣的情分

暮霭,是年老的背脊,连叹息,也只能窃窃私语
今天的云,酿成明天的雨,俗世的薄情

是活着的证据,我们屠宰,彼此的天真
合欢树,夏天织布机上,昏昏的布,绣着一出荒唐戏

你报完幕,我就上台,我演屠夫的妻子、情人、红颜
我去了,欲望的尽头,陷阱的漩涡,我在悬崖边,放马

纵是千里,有风相送。迷茫烟火,无处停泊
留一丝气息,送雪,上路,漏下的雨水,我攒着

攒成一面铜镜，照我惊慌失措的溃败和老去
攒出一万句咒语，写给玻璃，一幅简贞，剔透的告示

你走后的戏里，我只有一个角色，演一个闷闷不乐的君子
你在我骨头里放的那把火，烧死了，另一个我

今　生

一枝梧桐叶，不知多少秋落声
在这微凉人世，醒来，是微雨的初晨
找个人对坐，用对望的眼睛取暖
彼此贞洁的想念，是信仰，是迎风的经幡

今生，我在人间，渍麻、浣纱、煮羹、熬药汤
今生，我在心间，纠纷、纠葛、纠结、纠缠着挣扎
你在云端，隔着天空透明的墙，看着我
隔着界与界，河与河，岸与岸，看着我

那些，遮盖异常的幕帘，藏着我的悲伤
那些，分裂的我，犹是一缕缕，身处孤独
心在繁华的魂魄。飘散一颗红尘的凡心
不要说前世，我只要你的今生里，住着一个我

在喧嚣中。允我市井繁荣，花开花谢

你身旁,来来往往,是那些:旧事的因原
你身旁,独来独往,是那些:我失落的梦魇
不要说来世,我只要今生,我还是你想念的人

随喜的经书,在寺院,夜祈祷,日吟诵
随心的功德,在庙堂,暮击鼓,晨敲钟
我今生的红尘,一坡荒草,也要长出一朵白莲
结莲子,匿莲心。生藕,断藕就断丝

◎赵丽兰

余 生

这一再缩短的余生,只剩下
为数不多的几个人。你是爱,是光
愿你在深夜,无端泪涌的时候
想起我

如果更想,就来拦腰,抱紧我
把我们,抱成一对孤儿

服 妖

服妖出没请注意。愁眉、啼妆
龋齿笑。鲜衣怒马,水蛇腰
世间既有人,也就无所谓妖

你见过服妖吗?哦!我就是
我长着一张狐狸的脸
只愿坏给人间,坏给你

唐 卡

想用朱砂,画菩萨的笑容。想用后半生
等一幅画。远行的人,一路向西

不要告诉我,今夜,住哪家客栈
海拔太高,我怕缺氧。怕男女混住的大通铺
太硬、太冷、太吵。怕菩萨,晓得太多的
人间事

省下一点力气

用力猛了些。要它脏,它就脏了
省下一点力气。怎么宠,都只是
小坏小坏的。去留下一些空白
去让雪,落下来

等白,填满白。等旷野,没有了路,只剩
一场雪。等雪,来不及干净。最多说出
两个慈悲的人相爱,亲吻时,口水
是甜的

◎李俊玲

女　巫

如果可以选择
我只想当一个女巫
生活在市井里
和常人一样
面对俗世烟火
请赐我三根羽毛
一根用来阻止灾祸
一根用来召唤幸运
剩下的那根
得拂去我偶尔的邪恶
不用费劲揣度
我能看懂人心
能为万物的莽撞
找到恰当的出口
能给善意以力量
能在黑暗逼来时
点燃众生的火把
我那么的强大
挥手之间
人间已灿若春花
只是有一件事
是我无能为力的

我真的无法
从自己的身体里
掏出那个
刺一样扎入骨血的人来

垂老之爱

我一直都在用孤独
擦拭每一天的日子
擦得光滑如银
这些洁身自爱的器物
需要交给识宝之人
只有在他的手上
我的身体才是带着光芒的
有时我会苦于生活的暗沉
错付了美丽的华年
请原谅我
常常在夜半的不安里
想到垂老的情爱
便泪流满面

◎ 暖　玉

点燃谁的留白

你是舞者
是群山、湖水派来的使者

你是大山的孩子
用黑白确定着喜好
天地里只有洁净
就像从不假唱的百灵
醉倒南山

你
定是霞光的火把
点燃那些，谁的留白

阳光中行走

在你的琴弦间跳动
仿佛回荡山野抖动枝头的风
远方
你在阳光中行走
隐居琴箱
从琴弦到指尖、到另一处远方

雷声从大地深处滚滚而来
唤醒麦子
玉米、高粱
唤醒犁地的水牛、吃草的羊群
还有正在枝头梳妆的
杏花、桃花和梨花

沉睡是寒冷最好的爱人
它们在北方南方
西南西北落地生根
此刻
醒来和沉睡在天空告别

◎川　美

花朵与花匠

你经过我时，我一定在沉睡，陌生人
如果你不来，我会一直睡下去
我的根须、我的鳞茎，将重新回到泥土
回到前尘，死与生的秩序

可是，陌生人，你踩疼了我的额头
那踩疼的部位立刻长出一根藤蔓
然后是众多藤蔓，将你绊住
——每一根藤蔓，都是一只感恩的手

做我的花匠吧，陌生人，为了神的旨意
我交出我的花朵和整个花园的钥匙
枝条里的苦，蜜蜂没来得及偷走的糖

而你，只需交出园艺师的灵性和细心
交出与剪刀一样锋利的果敢
深入内部。我的花匠，你已不再是陌生人

我说，亲爱的

我说，亲——爱——的

说出这三个字就像吐出三粒果核
它们张开翅膀，嗡嗡地飞进草丛
我尝到满满一口汁水——甜
从舌尖，到天堂

说，亲——爱——的
这次我把这三个字一粒一粒嚼碎
咽进肚子里——苦
从地狱，到舌尖。心止住了疼
到哪儿去找这么管用的救心丹！

亲——爱——的！这一次
眼泪竟忍不住落下来——
又苦又甜的汁水
而我，成为一粒真实的果核
被月光吐到凉夜里

雏菊花开的时候

雏菊花开的时候，我们做了邻居
我是你的左邻，或是你的右邻，都不重要
重要的是我们挨得很近，篱笆挨着篱笆
后来连篱笆也省略了，果园连着果园

麻雀们站在两家的树梢上唱同一首歌

蜜蜂们采两家的苹果花酿同一罐蜜
我们,温暖地望着对方的眼睛
眼睛里的清泉来自看不见的同一个水系

可是,是什么让你动了搬家的念头
我回来的时候,你的房门开着
人已离去,去做了别人的邻居

如今雏菊花又开了,蜜蜂与麻雀已开始忙碌
我依旧经管我的果园,不时抬头看看你的空房子
而生活的味道已经改变,麻雀的歌,蜜蜂的蜜

◎温　酒

最后一首歌

一

你们围住我哭吧
最好
有好奇的头
垂下来
亲一口嘴
包住我向天的牙齿
我爱突如其来
胜过玫瑰色的口红
和怒黄的怀菊

二

之前
我抱住过自己
翻左翻右
挺立的乳房
安抚过海啸哭诉的头颅
今天赤条条
翻来翻去
只有一点盐霜
从入殓师的手上融化

他哼着歌
拿棉球蘸清水
擦我的眉头和牙床

三
双脚朝着关上的炉门并拢
青烟冲天
鸟群屏息
翅膀和草丛盈满露水
再出来
就可以一起飞了

而你正守在迎风口
用指背
试我骨头冷却的速度

阳　　光

接住他的目光
一张叶子正好接住一滴雨水
麦芒接住一阵风
泥土接住赤裸的双脚
果园的尽头　接住埋下的种子

尽　头

手指上的月光　大地　河流
你内心的恐惧　脆弱　勇气
都通向自己的自由大道
你已接近消失
尾随你走入无人之路　枝繁叶茂的丛林
风由下至上注满我
梦中张开的嘴含清水
任何想给的　你都有过了
让我来尝
你厌倦过的滋味

◎ 桑　眉

看你嘛

秋天连绵起伏的草坡
现在我不喜欢了
不喜欢一个人在坡上坐着
伴观天象,直到月亮转身
映照愁容

在春夜,我早早睡下
像刚出栏的小猪不害怕
不做梦,半夜醒来不叹息
喝点槽子里冰凉的水
倒头又睡

我睡着的时候
月光会把唇边的细绒毛揉更细
把眉眼理匀没有波纹
把睫毛上的蓝水晶呵得更蓝更透明
像你见到过的薄薄的蓝雪

——反正你喜欢或不喜欢的
她都会抢先下手摸一摸
看你吃不吃醋
看你还操着手

看你嘛

永远很遥远

也许还可以想想你
想那件二十年前织过的毛衣款式
现在我打算织给你
你不许不要不许不喜欢

也许可以继续答记者问
获悉从相遇到离散都不敢轻易试探的心事
你知道么?
你享受的是初恋般的待遇
咋还说我法西斯

法西斯一定会向世界要版图
法西斯一定会向国家要城堡
法西斯一定会向国王要爵位
我从不向你要永远

◎苇 子

信 件

漫长的时间中,我写下一封书信
慢节奏的邮差,使书信吸足了湿气
我已是暮春里的一个词
在向着你的漫长路途中
滞后,鼓胀,微凉

慢。慢啊
而我,仍然赞美慢,邮差!
只有这样,我的读信人才会倍加期待
那一边的表情
从木头桌面升起
你的等待的品质成为木头温和的兄弟

这封信穿越许多年的时间
我要看到你绝望的面容
看到你日益苍老的身体
而我的皮肤保持着黝黑的光泽
上面甲虫移动
它们搬动着真实的问候语

雨水在途中泛滥
障碍在不断落实

你在那一边的等待越来越漫长
等待得世界越来越薄
而你，看到矮个子的邮差了么
他的墨绿色的制服，已经出现在路的尽头了

你要知道，我的满纸的软弱词语
就要掉到你的内心的空洞里去
它们要赶在你苍老之前
为时间建筑一座甜美的坟墓
在那里，蓝天也弯下腰来
看着你我，慢慢在合成一个
——永远的，永远的：一

风不在，你在

我替你说出这个世界的秘密
在隐秘处，我们本是一个人
你有一条通道，我也可以走进
仿佛那些雨水，从天而来，我们都被洗得干净
那清明世界啊！风不在，你在。
我应着你的呼唤，在火焰的中心，找到你的模样

◎草人儿

查找一本书

查找一本书
哪种情节
可以让我披落长发
遮住脸　小声说话

所有的文字
喘着粗气
奔走相告
爱情来了

一束月光和一个女人别在了一起

谁用身体内的铁
磕碰着一个女人腕上的玉镯
叮当叮当

谁用自己的嗓子把风的嗓子喊破
然后把爱张扬成这个秋天的最后一粒麦子

黑夜
从一个男人的身体内

取下一枚别针
把一束月光和一个女人别在了一起

把自己白描在一首诗里

窗前飞来许多鸽子
这是我喜欢的一个意象
然后是我
把自己画一样白描在一首诗里

睡在一粒盐上
一个夜晚会加重另一个夜晚的重量
睡在一粒糖上
欢乐离欢乐还有一步之遥

而我大多是睡在一张纸上
一截烟一样
握在一个卷烟人的手里

把我的夜晚偷出来给你

一些鸽子飞来了
一些松散的想法
忽悠着

一些鸽子飞远了
天空白着
又黑下来

站在太阳和月亮之间
我在预谋
把我的夜晚
偷出来给谁？

◎吕　达

藏族弹唱大师杰布赠曲珍手信

我是一块地
喜欢的人，一茬一茬地长
她们都曾来过，又烂在地里
你也来了，你的天才是大病一场
我的天才是久病不愈

最好的幸福是
我弹琴唱歌，你听着，为我的才华折服

（1553年，杰布的弹唱在藏区无人不知，曲珍是唯一能将他所有歌曲完美唱出的女人，但没有人听过曲珍的弹唱，除了杰布本人。这封手信在曲珍死后由她的家人整理发现。曲珍将其放在自己手持的转经筒内。曲珍的丈夫是杰布忠实的歌迷。）

阴天有寄

我的创伤来自慈悲，来自宇宙
一小部分的思维，而唯有肉体
经过一条溪流跨越一片海洋，才能
从黑暗进入光明，从爱进入深爱

现在是见面的好日子
既然我有万物的怀抱,我们就应当
接吻,在那棵桦树下
我们之间横亘着无限的苍穹

情 歌

草原上没有我爱的人,草原也只能用来牧羊
神山下没有我爱的人,神山转也转不完
圣湖边没有我爱的人,圣湖也显得太过宽广
拉萨没有我爱的人,拉萨也只是一座空城

◎苏笑嫣

都是带着浅笑的

因着雨　那些植物更为静默
冲刷下的尘世浮躁被深深砸入土地
凛冽清晰的呼吸透彻　唤回
清朗与宁静　明确与直接

黄坠入绿　点彩一般的
是暗藏的伤　是生长的痛　是幸福
我并非有意偷听　仅仅路过这里
路过一场雨和一个秋天
路过坠落的黄色的叶　打湿的红色的花
还有那些昂头倔强的草　散发着绿
却盖不住秋的气息　依旧盖不住
这场巨大的私语

那是低低的声音　甚至比你
触碰到我指尖的凉　那细碎声响
更低的声音　沉稳　落寞　不急不缓
有着厚度　就像你打开的大衣　和
给的依靠

这雨　这清泪　这阵阵瑟缩的褐色的风
是凉

而递来的深红叶片　从你手中
却是暖
那手握手　那肩靠肩的依偎　温馨
告诉我　原来这凉也是可以浅笑的
整个秋　都是带着浅笑的

火红的太阳在胸口滚烫

我听见风在赶着更多的风　赶路的风
要穿越黑暗的风　在摩托车的后座上　我
环抱住你带着自由气息的　欢笑的风

疾驰的风　与夜摩擦出　一簇簇火星
那绽放的姿态　如同你温柔的语
吐露在唇齿之间的莲花　有着月光的皎洁

绸缎一样的夜空　我们魔法般地变幻着
绣织　那些颜色鲜艳的瓣朵
一瓣是欢愉　一瓣是憧憬　一瓣是
对未来无知　却无畏的力量
青春肆无忌惮　燃烧
热爱与决绝　此刻　是如此相近的词汇

我宁愿自秩序的鸟群中迸裂　花火
那斑斑点点　我水晶一样璀璨的心　如

夏季雨水一般洒落　就是这迸裂的一霎
这灼灼燃烧的　绽放的一霎啊
熟睡的人　黑暗中如果你感到　阵雨
轰然坠落在背后　请在梦里蜕壳

噼噼啪啪的　爆裂声响　我们的心跳
迸裂的玫瑰光色　与诺言
火红的太阳在胸口滚烫　就是这样的
你说翻滚　然后释放

十月初秋

我知道　昨夜的露水一定酿成了酒
珍珠们站好队伍　沿根根蛛网行走
于同一条队列　初秋的水边　十月
我和你听落叶簌簌　第一声
南迁经过的大雁低鸣　扼死了夏天

阴影聚合惊散的碎语　树叶的碎语
大片的草依旧生长　冷露中的眉睫
用手指摩挲树皮那粗糙朴实沉厚
成千上万片新鲜的干枯的清新的遒劲的
植物气味　有真实的声响　凝结
我的发丝蕴藏起姣美的寂寞
某一瞬　我可曾也是一株植物？

只是这样安静地兀自地低吟低语啊
碎碎念着　被风带走的是轻盈的欢愉
埋入泥土的是淡薄的忧郁　再次
植入体内　是这样安静的姿态　淡淡的
忧伤与从容　叹口气来那清风经过你
寂静的耳畔　今晚　今晚我便如此
潜入你的梦中

请把你秋天气味的手指交给我
你醉心于明净空气的影子　和
林间池潭一般的目光　我是十月之水
幽潜入你体内　流淌过你的血管
慢慢　慢慢地　改变着你指纹的流向

◎唐　果

遥望孤山

我向它走近　走近
我向它走近了一千公里
可为什么
它就不朝我
移动　移动
移动区区的几百米

它只要移动几百米
我就可以
抱着树干哭
或者在一块石头上
留下深深的牙印

我决定这样去爱一个人

我决定这样去爱一个人
像雪，在他睡着时
悄悄地下
在第一场雪还没完全融化时
紧跟着再下一场
等他终于发现雪下得很大很大

雪已把他裹了厚厚的一层

给　你

我身上长着的，你尽管拿去。
你想要，我现在还没长出来的，明天早上长给你。
拼了命还长不出来——我给你种子。

◎杨晓芸

我醒来,你还睡着

像一株沉睡的植物
裹着一层薄薄的透明
那么满足
身体里走来梦游的孩子
我悠悠醒来
花睁开惺忪之眼看你
阳光像聚光灯
照耀我
饱满的小脚趾
雨过天晴
树里站着剔透的人
我热爱你的每一种姿态
我领受你的水光

藤缠藤

我又做梦了。梦见你
和我一样老。梦见我们
缠绵的身躯,像藤
紧紧嵌进另一根藤,静静地
互为彼此,一直到死……然而

我们不死。那坚持活下去的部分
准时将我们唤醒:更衣、洗面
拧开水龙头;面对新的一天
言不由衷:"您好。"就像窗台那根
陪伴你多年的老藤,裹挟着自身的分枝
扭曲向上

相见欢

从紫红的嫩芽,到凝脂的玉片
经历了怎样的膨胀之痛?
柳絮纷飞,点缀迂回的梦径
清凉脉络里,犹自奔涌秘密的汁液
一颗心,暗暗湿润,蓬松如
闪电分剖的云团。复苏的本能
向上,将我托起……失重感再次袭来
忆起幼年时,溺水的惊慌
幽蓝泛绿的波浪,轻柔地拍打
死亡般席卷而来的窒息……
每一次,我这个溺水的人
魂魄惊慌地抱住你,抱住礼物般的肉身
惶然穿越层层激流,像赴死,像转生

就像两条鱼

我多次观察到,在狭窄的水缸
两条鱼首尾相依,合成漆黑的棺材形体
为了彼此贴得更紧,它们整夜整夜地
不摆动,两条鱼恍若一条鱼
就像我们。我们的身体相互交织
风从纠缠不休的脚趾中快乐地穿越
一夜又一夜,只是时光的一瞬
只是我靠在你的怀里,看你抽烟
烟灰飘落的一小截
天长地久是空洞的。我们如此低调
就像两条鱼,爱得近乎死

◎ 施施然

我常常走在民国的街道上

我常常走在民国的街道上,步履轻盈
而优雅。当当作响的电车,从默片里开出来
灰色长衫和月白旗袍礼让着上下
不远处的钟楼,是夕阳中的诗人。一群
洁白的鸽子,把闪亮的诗行写在彩虹的脸上
两条有风骨的弧线,向身着灰装的
不老建筑的文艺复兴里延伸。那里有我们
窗明几净的家,和一双晶莹的儿女……
就像插上了时间的翅膀,我常常就这样
走在民国的街道上,步履轻盈而优雅。四月天的
花香很近,没有愤世嫉俗,只有儿女情长

在岳麓山

椤木和红枫不是你。
香樟也不是。两三只黑白相间的鸟,在爱晚亭嫣红的
夕照里
忽高忽低地飞。雨丝闪亮,但不是你。

你小憩在半山腰的云雾中:"我的浆果
已经爆裂成谶,就像

这满山割不断的香气,有忠实的能力
陪你,走到消逝。"

而此时麓山寺钟声四起,人间的烟火
正炽。倘若穿石坡的一镜湖水缄默不语,我
又能说什么呢?三月清风绿意荡漾
群峰、蔷薇、好时光,都在原地。

想和你在爱琴海看落日

是的,就是这样
把你的左手搂在我的腰上
你知道我愿意将最满意的给你
手指对骨骼的挤压,和海浪的拍击
多么一致。在爱琴海
你是现实,也是虚拟
海面上空翻滚的云,生命中曾压抑的激情
像土耳其葡萄累积的酒精度
需要在某个时刻炸裂
相爱,相恨
再灰飞烟灭。原谅我,一边爱你
一边放弃你
鲸鱼在落日的玫瑰金中跃起
又沉进深海漩涡的黑洞
那失重的快乐啊,是我与生俱来的孤独

你是爱我的

你在开车时打开收音机
切掉忧伤的音乐,换上摇滚。
你没有听清楚那些歌词。

你拎着水果回家。谦虚地向年老的邻居
打招呼。你说是啊,天气真好。

你很早就上床了。你读古诗
但夜深了,你还醒着。

窗外的樟树又长高了许多
像每一天的清晨,向你张开新的嫩芽。
你意气风发地出门。你陷入沉思。
又似乎什么也没想。

你以同样的状态出现在会场
在声波的高潮中
兴高采烈。无动于衷。

你继续追逐女人也被女人追逐。
被女人拒绝,同时也拒绝女人。

但你很早就上床了。多年后
你突然在深夜醒来你想起一行诗
你知道,你是爱我的。

◎ 安　琪

明天将出现什么样的词

明天将出现什么样的词
明天将出现什么样的爱人
明天爱人经过的时候，天空
将出现什么样的云彩，和忸怩
明天，那适合的一个词将由我的嘴
说出。明天我说出那个词
明天的爱人将变得阴暗
但这正好是我指望的
明天我把爱人藏在我的阴暗里
不让多余的人看到
明天我的爱人穿上我的身体
我们一起说出。但你听到的
只是你拉长的耳朵

林中路
　　——给吴子林

所幸还能在迷路前找到通往你的
或者竟是你预先凿出等着我的路！
陌生的城市
我抛弃前生

脱胎换骨而来
我已不记得走过的山
路过的水
我已被错乱的经历包裹成茧
就差一点窒息
我已失语
一言难道千万事
我爱过的人都成兄弟
继续活在陈旧的往事里而我已然抖落
我说相逢时不妨一笑但别问我今夕何夕
别惊讶
我麻木茫然的面孔犹存青春的痕迹
因为我曾死去多次
又新生多次
所幸还能在最终的绝路将至时猛然踏上
你的路
林中路

白葡萄酒为什么也让人脸红

红葡萄酒让人脸红
白葡萄酒为什么,也让人脸红?
那天你往我的身体倒酒,红葡萄酒
白葡萄酒,于是你浇灌出了
红脸的我

继续红脸的我
我红着脸听你赞美我
然后我继续红着脸赞美你
批评的话让人脸红
赞美的话为什么,也让人脸红?

◎赵丽华

大雨倾盆

窗帘和窗纱被肆无忌惮地冲开
百叶窗被拍击得一开一合,砰砰作响
我想起身去关上它怕已经来不及了
一阵紧似一阵的雷声
仿佛一群奔马在草原上疾驰
原本茂盛的草地被粗暴的马蹄踩出一个个凹槽
靠墙的一排萱草东倒西歪
可能它们再也站不起来了
像那些未曾成熟的庄稼
它们的损失
将是前所未有的
所有的凹处都盛满了汹涌的水
所有的凹处都被砸击得更凹
我无能为力
静待大雨倾泻一空
迷离中写出如此诗句:
　"当大地斜起身子
这些水会不由自主地流向大海。"

吸 引

像铁钉和铁屑奔赴磁石
我迷醉和惊叹于这种吸引
无法拒绝,身不由己,被拽住,被拽走
被啪的一下粘贴牢
正极遇到负极……
你听到的多是些半真半假的语言
顾及面子,或掩饰某种真实
而肉体和思想并行不悖的话语才是由衷的
俗世规则和传统观念把你拽开,拽走
灵与肉搏斗,挣扎,走开
然后更快地弹回来
将肉身撞破
没有人这样告诉你:
"在你不由自主的时候
让思想听凭肉体"
你收拾着碎片,若有所悟
你思考的不会是绝对的真理
就像屋檐上的水,它硬要滴下来
就像春雨过后的幼笋,它硬要拱出地面
就像闪电,它硬要将黑夜撕开
就像这个女人,她忍不住要给你
拒绝如此艰难,因为她需要……

◎七月的海

遭 遇

多么磁性的男中音啊！是谁
在深夜读我
咔嚓咔嚓咔嚓，谁又在我的耳边不停地打火

为你所有的夜晚
也为我所有

它不关乎爱
不关乎情
当然，更不关乎性

它只关乎诗歌
打火机
和一只饥饿的烟斗

神呵你只能点燃我，不能将我熄灭

火就这样
继续舔着一个女人的腰肢和胸脯

而在世界的某处,谁把爪子倒立
在我沉醉的刹那
狠狠地折断了我的叶子

折断了
我的玫瑰

那时的人间

那时绿妖游在水里,你在岸上
而心在树下,一片南国树叶的气息
让人难舍难分
那时鸟鸣清澈
一粒一粒滑落
我们说起一休,也说起了盲女森
我说:如果你能认出明月旧时的模样
你就能认出我的灵魂

而那时的人间,凡人的心装满了爱恨情仇
我们的心只装清风明月
那时风吹拂着
一阵一阵撩拨我们的树叶
风,吹过了你我

静水流深

你说暗流涌动,你说大鸟一次一次
穿过了云层,你指给我看生活
那华丽而沧桑的两面

可是要一场怎样的穿越
才能穿过命运的夹层,要一场怎样的穿越
才能抵达光明之境?

那天,风摇晃着满树的叶子
语言摇晃了你我
我们还是无法说出云和海的事情

而多年之后,我自河流中醒来
只说流逝;我自无数次的逃逸中归来
只想归于我们的同类

多年之后,我仍然微笑着在你掌心
写下:爱有天意,寂静欢喜
而你却说爱是忍耐,爱有悲慈

今夜我又一次看见爱的月光
在水面上波动,我知道你已在静水之下
排除了那枚危险的雷

◎ 布非步

献 辞
——题茨维塔耶娃及《新年问候》

……冷杉树枝伸进窗户
这个冬月肯定有些不一样
带着来自塔露萨的书
有人在疗养院痛失爱人
而所有的诗人都是犹太人
一张脸变成了另外一张脸
告别的手臂被撕裂
纯种的奥尔洛夫马在圣彼得堡
被黑夜骑行

每天关心两地书,每天关注天气预报的准确性
巴黎以远,猩红色的天鹅绒
鸟巢和树枝生活的小镇
两个影子的纠缠,到底是天堂还是地狱?
玛丽娜,你蓝褐色的大眼睛
切切的愿望清单被刻上烙印
漂泊一生的最珍贵的馈赠
不是致俄耳甫斯的十四行诗
　"终究所有的事物,无不是以决裂,以失去
为了死才爱上,并且爱下去的。"★

我和你一样,被爱依旧是一件
没有掌握的艺术,站在你对面
在斯摩棱斯克。新圣女修道院的栗子树
阴影下
与自己相遇,看着你,不说话

斯卡布罗集市

你和我并肩
出现在海边小镇
一直幻想这样的场景:
我们看望被装上车去赶集的
芫荽、鼠尾草、百里香
和野百合
看望拜占庭的日常生活　进入
另一种琐碎的日常生活
我们来来回回地走
穿过每一滴咸水和大海之间
给每一座教堂和荆棘重新命名
包括,中世纪黑死病里逃生的
矮子骑士与他心上的姑娘
穿过絮絮叨叨提前来到的更年期
夏日的玫瑰湮灭了波罗的海
神色迟疑的黄昏部分
像往常一样,我为你摘掉

头上正在结籽的胡椒，你轻轻握住我
农妇一样操劳一生的
粗粝的双手：
"亲爱的，我需要你
织一件亚麻衬衫，就像此刻
我需要收割芫荽、鼠尾草、
百里香和野百合……"

◎ 谈雅丽

微 雪

在我们中间,暗自运行的就是时间
白昼耗尽了我的渴望
我愿意微雪,在夜晚
到达我们——人世充满幻觉

我请求打开封闭的屋子,我请求你
不再为明天或明年,送上如注的泪水
我请求有这样的妄想,风在冬夜吹响
但火树银白地掀开,春天的幕帐

我相信易朽的,是雪花降落的声音
我相信易朽的,今晚多么破败啊!

一粒小悲欢,她需要风花雪月的安慰

给我一座临水古镇

就请给我一间乌瓦木壁
临水自照的老屋,靠着澄碧的沅水

给我左邻撑船人,沧桑阅尽的淡然和蔼

右舍的洗衣妇,她手腕上戴着骨刻银镂
给我山前青石板,山背入云梯
还请给我沉沉的栗木舸——
弯在木楼,幽静的水边

请给我岸边的古樟、茶舍、柳线、溪响
三二闲游人,催促小楼春风一夜吹来
那眼神温暖的,至爱宿敌
给我遇鳞则鱼,遇羽则鹰的梦境
给我你的,让人活下去的温柔触摸

就请给我一座临湖古镇吧!
它清澈、空旷、安详,倒映于如画江水
给我恍惚、怅惘、三千弱水,在画中
看不见你的身影,听不到你的声音
唯有一江清寂的流水,照见了
天涯,永远不能相见的命运

蓝得令人心碎的夜晚

再没有什么让我如此怀念,这一个夜晚
波澜壮阔,灯光从湖水的东面迸散到天空
我的柔软、年轻,我在尘嚣中抖落的那一声惊呼
都在滔滔下滑的月光中丢失——
不止一次我看见跃出的红鲤,看见一群星星

沿着湖水散步,交谈和亲吻
看见亮晶晶的双眼,被游离不定的水光
抚摸,我确认不了那一晚
是我们幸福?还是我们身边的万顷碧波
更加幸福
烟岚起伏,经水声抚摸的洞庭
或岸芷汀兰,或浮光跃金,我不用记那些
忧愁,只记住纵横交错的水网
遍布大地,如何慢慢浸润
我们暗淡已久的伤口
那一晚后,我们越加慈悲和善良
因我们听了一夜的水语
这一夜的水语就是命运的救赎
永不停息的爱和宽恕
我怕被湖水遗忘。所以在最隐蔽的角落
我预先藏下涛声洗濯的夜晚,藏下它的蓝
蓝得那样惊涛骇浪,蓝得这样
波平如镜——

◎李树侠

山　坡

当我写下春天这个词时
不缓不疾的小南风吹来

二月向阳的山坡
白鸽子把你的目光衔上屋顶
笑容和白云一样干净

一朵花恰到好处地开着
几只蝴蝶扑过来
说着互相信任的密语

许多温暖的气息
从一只蜗牛的胸腔喷出

飞快地剔掉自己硬壳的部分
我袒露于时光的柔软和顺从

我惊讶于它的柔软和慈悲
我看到鲜花和少年

致

哥哥,今夜我在三月某一天
在一朵花的谋划里
在温顺的石头和美丽的阿布面前
你没来
昙花的美因此缺少一半

月亮也缺少一半
另一半的哥哥
我怀想着你的脸和陌生的门牌号
异乡比月光更沉默

昙花开过的是你
远在天涯的哥哥
是谁失手将我们打碎

石头和阿布
你们那么快乐
而昙花开放在泪水之后

今夜,我怀想你的一切,哥哥

我是你春天的一部分

和风轻轻地吹来
蝴蝶的翅膀在颤动

镜头微微倾斜
你把目光投向婆婆丁、鸭拓草和玉簪
对于这些春天的植物
无非就是相互的绿和开花

你在做一件介绍春天的事情
你有白云的单纯
你爱这些草木和花朵,爱冲动

等等,这些纯粹的事物
你只说给我一个人听

◎蓝　紫

钥　匙

从一个人的城池
走向两个人的城市
灵魂的光明在层层飞升
门里寂寥不再，听你诵读诗书万卷
我挽起长发，青梅煮酒
晚晚与你耳语至夜静更深

雨夜中两种迁徙的植物
在尘世中相互依偎守候
深情的目光
沾湿了南方的炊烟与情愫
告诉你
该如何回避和抵抗世间桃花

不敢说尘世没有色彩
没有脉络也没有等待
我隐身在来世之后
呼吸在一朵莲花里
等待你一生的开启，与怜惜

两个人的战争

常在将睡未睡的晨昏里
独自居住汉字的堡垒
常扪心自问:
所谓崇高与美好的事物
可以被挽留到几时?

亲爱的,你在一排排分行文字中
运筹帷幄,了然于胸
此刻众人皆醉,而你独醒
你说,在一座城里
让我们做爱人样的朋友
做朋友样的爱人

可你的世界总呈扇形般合拢
让现在和过去一样从容
爱,真的是从遥远山峦上吹来的
暖风
我亲爱的敌人,亲爱的男人
面对你我笑得很甜
却常常背对你哭

◎绿 茵

你的到来

虽然　你的到来无声无息
像一朵白云从遥远的天涯飘来
可是　当你来到这信仰的荒漠
神的爱就不远万里　来到这里

虽然　你的到来无人知晓
像一颗雨露默默地滋润着大地
可是　当你来到这灵魂的荒漠
种子开始萌芽　幼苗开始生长

你的话语　像明亮的星星
给人送来光明
你的话语　像黎明的曙光
给人送来希望

你的行为　像红日喷薄
彰显出神长阔高深的爱
能够穿越一切艰难险阻
势不可当

在这人山人海、摩肩接踵的社会
在这人在咫尺、心在天涯的社会

你却彰显出
神的爱能够穿越时空、超越国界、种族

在这把拥有物质财富当作贵族的社会
在这把拥有金钱豪宅当作高贵的社会
你的高贵特立独行　你的高贵放射光辉
发人深思　引人反省

你的高贵是一束光芒
照耀着结满冰霜的社会
彰显出了生命的高贵　与物质无关

虽然　你的到来默默无闻
可是　在这冷酷的冬天
当冰冷的人认识你时
心中顿时感受到一股春天的温暖

你就是月亮

你就是月亮
在这冰冷的寒冬
你美丽的蓝眼睛　清澈晶莹
流淌着善良友好的目光

你就是月亮

在这冰冷的寒夜
你卓越的思想　光芒四射
照耀着茫茫无际的黑暗

你就是月亮
在这苦难的岁月
你每日的善行　光辉灿烂
照耀着寒凝大地的人间

你就是月亮
在这漆黑的寒夜
你默默无闻的善行
彰显出上帝长阔高深、坚定不移的爱

啊！你就是月亮
每当我接近你时
忘记了无限的黑暗、寒冷
忘记了悬崖峭壁　艰难险阻

啊！你就是月亮
在这漆黑的寒夜
每当我想起你　这世上的光
就望着天上那一轮美丽皎洁的月亮

我看到　层层乌云
最终遮挡不住月亮的光辉

我看到　重重雪山
最终阻挡不住月亮的光芒
我看到　上帝的爱
无论什么都不能阻挡

◎沈 利

还给我叶脉和水

还给我叶脉和水
我要用它装点树枝
还给我所有的树叶和树干
我要用它装点新的大树
我要把亏欠你的温柔给别人

多少年来长在我身体里的大树
盘根错节　我不知道
要多久才不会被那些枝叶灼伤
长相相似的树叶
叽叽喳喳的树叶
我不会责怪你们　在这冬天里
一起飞走

地 铁

请你捎上我
捎上死亡和灿烂的阳光
请你捎上我
捎上嘴角的微笑和皮肤的渴望

地铁
这奔驰的黑夜
一分钟的爱情可以毁掉所有的爱情
一滴水中的伤心足以代替所有的伤心

地铁
请你留意一个人
他曾经碾碎我又疾驶而过

半夜醒来

半夜醒来
听见
蝙蝠在一串词语中扇动

满屋生动的细节
像树摇晃着
使我想起那些潮湿的阴天里
我们年轻而脆弱的誓言

今夜,我和你
在同一个梦中相遇
握着你的手
像握着水中的倒影

白天始终会来
我们迟早会忘记
曾经在这样的梦中相遇

◎李之平

爱

它被发出来
一个单音,来自对面
历经心、肺和喉

来到你面前
跟在后面的是
血液,软组织,毛发

以及笨拙
难以命名的气味
和梦的残余物

海浪的潜伏
——ToJ

海浪是潜伏的
你看它拍打着礁石
回撤速度迷人
它再次扑上来
迅猛而狂烈

数年后,礁石变大
海浪更宽
这暗藏的潜伏运动
不留痕迹

这是人类无法完成的永恒
互助式成长,各自完成对方
在另一个源头
枯萎的身体偶然找到灵根
一种静默回应另一种安宁

听得清神的足迹踩过
遥远戈壁的风
响彻于高潮掀起时
撕裂也即死亡,新生的啼哭

我所爱的
即便不是耶稣的远行者
也是浩渺天际群星的见证人

苦痛里的巨大欢乐
受控于记忆
并开始漫长的挥发

等 待

我做了很多年寡妇
朝廷大赦那年
宋朝的官吏给我送来一个彪形大汉

那天晚上,大雨初晴
我铺好一个草席,玉兰
插在头上,灯笼打得高高的

我听见
青蛙在田野里呱呱叫着
就激动得在房子里走来走去

◎ 馨怡轻舞

何时靠岸

如风,缓动的影子
在星光云霓夜的海边
徘徊,又徘徊……

诸多闪烁的星子
落下去,再升起来
翻转如灵动的眼
魅惑边城的海

这无眠的海,是否
由爱神投下了蛊
让虚静的海,蓝的
有些忧郁,忧郁
像一汪秋水深藏的眸

望一眼,再望一眼
贝类开始栖息
海礁石已滋生出青苔
而你在期待中
期待你的那尾船
何时靠岸

暗香浮动

风硬，不说寒
有月琴如绸，柔软的
音乐不会封冻
偶尔心染霜花，丝丝凉
就会有失色的花瓣
比风凄楚。于是
折射出诗句，簌簌落红

莫名于莫名的苦衷纠缠
裹不住的情绪，字句
暗流古时的唐宋遗风

尽管
有长长长长的睫毛
还是掩饰不住水软
暗香浮动

一树花魂

谁用纸上桃花，梦呓的招式
唤出一朵桃花

桃花呀桃花
今不逢春不花酒,桃花
自然不到开的时候,更不该
粉颜娇红

可这桃花还是
想开。在春水暗度的日子
抹珍珠粉,涂红指甲,挑染长发
……像催熟的红樱桃
乔装改扮开在你面前
开出你想要的,那一树花魂

而且,铺天盖地
无论走到哪里,都是桃花
这一朵红。然而
桃花说,不是绯红

◎ 三色堇

前　盟

风吹远了稻谷，雨水，眼里的雾
一切渐渐没入平静
我模仿草的习惯　低头无语
在离神最近的地方　想你

想一条河流缓缓流淌的曲折
想你零星的话语填满子夜的空荡
想那一对铜灯照临着小城的背面与侧面
想我们当年朝圣时的心情
想无数个黄昏后晚钟轻微摇撼着的脚步

我的梦越来越少，真怕再也梦不到你
我们活着，用言辞的光芒相互照耀
如果肉身苍老了，我们还有灵魂
如果灵魂缥缈了，我们还有约定

那时，我会为你卷帘，沏茶，弹落尘埃
如果有敲门声，我定让星光，松月进来坐坐
悄悄告诉它们我的爱，像存在主义一样不朽

我孤单的身影暗示了你的旧约

从深秋开始
整个季节都成了叶子斑斓的陪衬
女贞树上的蜘蛛把丝粘在要挂结的地方
风,在草尖上的漫步飘逸娴熟
我却难以在浓稠的静谧中安歇得轻盈
我想象着被时间追杀的窘迫
想象着月光下凌乱的发髻遮盖我们今生的相遇

沉默的文字暗示了生命的渊薮
八月的远离,暗示了跳动着的苍老的炉火
深远的暮色　暗示着天空奔跑的泪水和窗内的红唇
那么谁,暗示了频繁的荒草和石头

从什么时候开始,我孤单的身影暗示了你的旧约
我们坐在暖阳下,慵懒的打盹,不说话
只在彼此的梦里缓慢地交织着挚爱的眼神
有滋有味地活着

深秋来信

记忆被深渊掠夺得太久
目光早已不习惯几缕清风带来的光芒

我在期待着深秋的来信
期待着在所有的黑里演奏兴奋与破碎

我没有虚张声势,这是秘密
你不知道,在时光的侧面
一直有一辆火车在隆隆轰响
它经停的每一个小站都有朴素的期盼

渐渐稀少的快乐在冷空气中
显得更加局促
当我跑近,又突然止步
那些气流,摇晃的窗口,毫不掩饰季节的落寞
再也不会有词语包裹的消息
不会有水纹一样的爱蔓延开来

◎水 湄

桃花落下

曾经,你伸出赤裸的手臂,在半空开着
吻他皮肤上的毛孔,羽毛般的轻歙
骨头着火了,静默地
你把爱,戴在灵魂的戒指上

一个空中坟墓,梦中来的大师
被谋杀。被遗忘。吞吃你的睡眠
山楂树后面,风声,灰,飞到地平线
把你神秘装进去

死亡。失落者
在石头锈蚀的门前
哑巴一样

雨 夜

夜晚,我们从中走出

雨水紧跟,像玫瑰一样轻
深藏尘埃的光,温暖的人
是夜晚的糖果

——好多年过去了
雨。背影。一把小雨伞
四周树木花草的气息,隐约的虫鸣
悬浮……
夜,还在继续。你是知道的

我们的城池,是根
随夜的雨水和光阴,潜伏体内,悄悄发芽
在上升的荒野上,奔跑不息

石头和雨

雨,托借飞蛾的身体下来
一块哑了千年的石头
归于它。我知道
石头是天上掉落的一块石头

悲凉丛生
这落在大地身体上的星辰
有如忍耐,有如在彼此身上相爱的两个人

雨,是石头生命的衣裳
是信件,是双眼
是掌纹,是梦的队列

是翅膀，是枷锁
是枯夜，是青灯
是光明，也是影子
是火焰，也是灰烬
是忐忑不安，肝肠寸断
是欢快与战栗
是一种痛苦的热情，是哭泣
是折磨，是活着的死去

雨捧着一束玫瑰
是爱，是灵魂找到自己的身体
更多的时候，它是来自另一个时光的妻子

◎佟子婴

白玉兰

长满绢毛的花苞立在枝头
很饱满,像一只只蜷起身体的小动物
每次走过,都想要踮起脚伸手试探
它们是否有温热、轻浅的呼吸
落在树枝上的小鸟,压得枝条一颤一颤
一不小心就会让一颗期待裂开
——绽出一朵白玉兰
吐露惊艳的心思、馥郁的缠绵
满树慎重的大朵白花,深情款款
花期十天
如果你恰好纯粹,就能得到天真的缱绻

清　晖

夜色圆润,在呼吸间起伏
面对可供修辞的饱满
你下刀如风,雕出山的沉重
山和山相对太寂静,云又太轻
我做水,可急可缓,可静可动
从山顶到山脚
天衣无缝

时光慢了。从容
有一刻钟我死去。复生,又复生

秋露长

今晚的上弦月,朝西,不是丰满的圆
羞答答的,挂满雨水
热烈、喧哗的虫鸣,已恍惚成风
被一滴滴落下的秋凉吃尽
打翻的牛奶罐,淌出星子,光泽冷冽
有碧玉簪的尖锐

半轮月亮的余晖,架起一座桥
它太单薄了,一句语义模糊的问候就能戳破
我没古人那么愚钝:
在兰夜穿针乞巧,依赖臆造求赐美好
不过,真希望有个女儿——
睫毛像你,长而上翘,露珠在上面滚来滚去

◎池凌云

谈论银河让我们变得晦暗

流动的光,最终回到黑色的苍穹
我们寂寞而伤感,像两个木偶
缩在窘迫的外壳里
某一颗星星的冷,由我们来补足

在大气层以下,我们的身影更黑
或许银河只是无法通行的游戏
看着像一个艰涩的嘲弄
它自身并没有特别的意义
而如果我们相信,真有传说中的银河
这样的人间早已无可追忆

白蝴蝶

一朵会飞的栀子花
一片温柔的柳絮,一支
弦上轻拢慢捻的怀念
一只落在庄周篱园的精灵
白蝴蝶,白蝴蝶
这些纯洁高贵的翅膀
似一束令人眩晕的目光

掠过我们秘密的窗口

你不知道有一双眼睛
是怎样不动声色地表示忧伤
有一些话语是怎样一到唇边
就被风吹走
你不知道有一种心情
是如何从一张白纸
被撕成碎片

浓云涂抹的天空
排箫空旷低沉的声音
仿佛打马而过的旋风
山那边是山　水那边是水
风景等在所有的路上
白蝴蝶，白蝴蝶
为一次美丽的旅行
把至深的伤口疼给自己……

云与树梢

夏日渐近，我仰头看云
总会看一看树梢
而天一直空着，万里无云
当微风轻轻掠过，我看树梢

就想抬头看一看云。而树梢
未动,藏起每一片叶尖的行迹
我难以猜测这天地之间的秘密:
一种献出无法接受
留言无字,密语无声
何其静谧的守护者
某一天,当它们各自暗中泪涌
这每一阵风和雨的倾泻
就将落在另外的地方

◎ 海　默

四月的江湖

我没有剑，指向流年，劈一路的水患
没有箫，引来凤凰，也不能绝粒辟谷

人间四月——
万物都在奔跑，只把我留在身后
一个人的江湖，我有桃花
可等千年……
有一年又一年的清风
吹来的白发三千，有只为我
绿遍天涯的草场，亲爱
人间四月，你才是我全部的江湖
载星光、载津度、载只属于我们的
今生今世

欲随桃花去

从春风冰凉的指尖上开，从醒着的梦里
从忧伤处，从迷途从孤绝
从二十多年前，你望向我的那个眼神
开出四月的宁静、雨声甚至传说

第一朵向我打开的桃花
收我入心吧

只为你种下的桃花,三千年一熟
六千年一熟
九千年一熟

这相依为命的陪伴啊,那么长那么久
都将随你而去

礼　物

这么多的礼物
我用一生,也装不下啊

我想把今生所得
一件一件
搬运到
来生

来生
我就不那么贪婪了
恩情留着发芽
爱恨给火焰
悲欢给流水

我只带走
你，等轮回

◎黄和平

我爱你的时候（外二首）

我爱你的时候
许多事物都充满了灵性
百灵鸟在树冠上跳跃，不停地吟唱

天空明净，小径蜿蜒，芳草萋萋
阳光打在我身上暖暖的
裹挟着草木的气息

风儿一阵又一阵地吹过
紫荆树被摇落一地的花香
一直铺展到我的梦里

空气里弥漫着诱人的香气
词语颤抖在纸上
万物在爱中显形

谎 言

我们之间
再也不说爱了

一天之中
只是你一个信息过来
我一个信息过去
慢慢地将日子填充

直到晚间相互
道一声长长的问候后
一切都归于平静

把日子过成一杯白开水
我相信了一枚词语
滴落在草尖上的谎言

当我老了

当我老了，我不再用湿润的唇
靠近你陡峭的身体
和不再用梨花带泪的眼睛
碰触你那深邃的漩涡

我只是默默地看着你，陪着你
偶尔跟你提起那些美好的画面
又或者，给你读一段我曾经彻夜不眠
用心给你写的浪漫情诗

你的目光婉转,盈满汹涌的绿
看上去活泼,腼腆,像个大男孩
一如当初遇见的你
而我,又好似被一夜晚风突然唤醒
像个萌妹子,与你傻乎乎地爱着

那种感觉多好啊!你我虽然已不再年轻
却仍然可以借助于回忆
将情感的火苗再次点燃
一起听涛声慢慢地远去……

古龙小说里的植物

W 像古龙小说里的某种植物
闻到它的气味就会受伤
近了你会死于非命
所以你只能
在心里想一想
快乐的时候想一想
流泪的时候想一想
酒后吐真言的时候
想一想

在每一天短暂的时光里
W 这棵有毒植物

就这样悄无声息地
贯穿一个女人的生活

◎艾　子

去赴一次生命中的约会

你无法理解我的美丽
为了这次约会
我将花费一生的理想
和一辈子的明亮

你无法理解我的美丽
我的美丽带有悲剧的气质
像著名的毒药香水
暗香不可抚摸与触及

你无法理解我的美丽
我的美丽是一次回光返照
死亡就站在我的门外
而我来了，哪怕一秒钟
哪怕一秒钟
我也要让你见到
我苍白的美丽

◎梅 尔

三米之外

一、雪

我是那场雪,覆盖你的群山
之前的每一刻,我与你深深交融
侵入你或被你侵入
三米之外,大地的温度
灼烧我的面颊
我捧出所有的波浪、词典
和处女一般的羞涩与热情
三米之外,双河
我把来自天上的水都给你
你像一只沉睡而美丽的化石
呼吸着我的呼吸
三米之外,你的亲吻是一把温柔的刀子
割开尘世的茧,拥我入怀
每一次,都是第一次

二、五峰岭

你显现的,是高空的距离
心与心,在顶部相融
我只是在几亿年前短暂地离开你
再次回眸
泪断五峰

三米之外，垂直的沟壑
我用余生守望这美丽的缝隙
守望你的存在，你的雪，你的雾
你的忠贞与执着
千年的红豆杉是我某一次的忏悔
那些思念，须臾不曾离开
我来了，赴这场亿年之约
净瓶里盛装的日月精华
三米之外，让飞舞的雪花
高潮迭起

三、九道门
我与楠木并肩，你黝黑的门
穿过清凉
我登顶的时候，被你的根
惊醒，你的孤独
与生俱来
是要九次拐过你的门扉
石之后，可以躲却庸俗的壶
不回到你的原点，怎能
理解你的胸怀
峰峦叠嶂，万丈岩天
住在你的深渊，伤口被抚平
三米之外，心痛的脚步
从苞谷的最外层掀动胡须
尘埃，在清香中落下

四、不眠之树

风停止过吗？空气
凝固成一首诗，我欲静时
汁就满满地溢上来
淹没我的土地、阳光、嘴唇
和枝繁叶茂的头发
我与楠木同行，黑夜里
相濡以沫如胶似漆
每一片叶子，饱胀着
森林的那头，传来音乐声
九歌，不眠

◎伊　萍

风的斜倾度

我的灵魂要靠近你的灵魂
在你岁月静好的春天，玫瑰高高耸起
有意无意地碰触我战栗的唇红
额头宽余，流动一片浅蓝的天空
没有过多的色彩，风儿浓淡相宜
我是你的单色，尘世里的肉身
惯于靠近爱的欲望
发声的燃烧，把无限永恒成信仰
这里每一次像一杯烈酒
我一直在说着天气，这无关情绪的
一朵云。你身上美丽的牧场
可以睡眠和奔跑
一次次交换身子，忘掉所有
听听，我的心
被一阵鸟啼歌唱，细听有光的内韵
我们被风吹着走
吹低的图像，恰好垂直于你我

情　人

请允许我用双手

把整座花园移到水上
撩动水波里的涟漪
玫瑰花与天空
以唇形的蔓延悄悄吻合

看到你俯身靠近
你的眼睛催熟我的鼻尖
呼吸里的火焰
让我脸红耳根发热
我要站在你的睫毛上
你闭上眼睛亲吻我时
我低垂的心
从你的眼睛潜入你的心肺
仿佛花儿在枝头颤动
掉落上帝的声音
爱的苹果经由你的嘴进入
我的嘴

此时我的身外是大海
你在哪里
一枚鱼逆流打开神圣的喉结
替我声声呼唤你
没有你的日子
你的名字成为我心中锈迹的鱼钩

◎敬丹樱

樱　桃

三月如兔目，四月如鼠耳
亏着。欠着。一棵樱桃树和一树樱桃
迟来的诗篇里
苍凉的名词

绿耳坠那么小，在枝头晃呀晃
他正打包行囊；小眼圈那么红，在枝头望呀望
他已攀上火车
流水为顺从未知的前路
反复弯曲自身
他看不见樱桃树，缓缓流出透明的泪

月光浅浅，消失在来处。种玉兰种蔷薇
种枇杷种石榴，等待暗合想象的光束从枝头结出
他不种樱桃
他的庭院，盛放不下它的美

樱桃长过兔目，樱桃长过鼠耳
樱桃红了，樱桃落了。时间静静啃噬
樱桃树上
两个并排的名字

鬼针草

都是不知不觉的。爱上你
跟着你。一路卸下闪烁在绿时光中
矜持的白星星
骄傲的黄星星

直至记忆之城彻底清空,包括故乡和身世
那些为你改变向度的箭镞
去除坏脾气后,只剩下用途单一的
小心眼

小狐狸

从眉梢到心头,长句也愁
短句也愁
春夜千宗痼疾,皆无良药可医
树下听雨的马匹眼神迷惘
三杯薄酒入喉
头顶的糖灯笼,耳垂滚烫
花影,疏狂。而陷阱湍急。我就要藏不住尾巴了
我必须跳下去

◎何冰凌

怀良辰以孤往

清晨，亡灵隐入枝头
昨夜的白霜消弭了
天地的界限

前夜的白霜早已不在

它是有毒的，也蛊惑
曼陀罗有巨大的花苞
它用此种方式占有着人类

在京郊植物园
我第一眼就爱上了它
和它身上颓废男子的气息

一个人在年轻时爱上一个坏人
是件平常的事

后悔或宽宥也属正常
即便恒河之水
也得不到片刻的停顿和休歇

唯我的胸腔里

至今尚存悲欢的大风

爱情史
　　——赠梅朵

柳絮翻飞,像一个人痛哭过的样子
身为女子,你我都曾经无望地爱过
爱是一场发烧,热度退了
病就好了

这是你吗?亲爱的
那时你真美。照片上的旧少女
旧年的夏夜心事滚烫
月光下的优钵罗花
也有片刻的战栗和惊慌

你钟情的颀长男子最后去了哪里?
在开满夹竹桃的图书阅览室门口
你递给他一本书
啊,这样的开头真的很难

当我年轻的时候
也曾爱过石头
笨笨的样子,总是不言语
我爱过它上面安静的苔藓

◎冷眉语

知音无人弹拨

忧伤也那么安静
没有一粒尘落在弦上
以至于它无法将自己
弄出某些声音
偶尔有人窸窸窣窣
似乎轻抚它寂寞的躯壳
"静置太久，它迷失在
对自己的研究中"
它们并排着
一种平铺直叙
一种统一的安排
高山流水是想象中的事
一把琴止于流水
流水止于我

萤火虫

夜晚也是有尾巴的
夜与夜重叠时，适逢水与水交汇
你出发
我紧随其后。村庄、草垛

那条小河
有谁能像你一样，在我额头驻足
明亮的吻啊
忍不住唱出忧伤
那尾部的交响乐

◎路　亚

幸福的秘诀

有那么几年
我们吃很少,说很少,表情也不多
从蝴蝶到蔷薇到猛虎
与它们的节奏同步
我们用最粗暴的方式,最原始的方式
最温柔的方式
活着,只剩下真实。那几年
在眩晕与空白与飞翔中
我们对外面的世界一无所知

致歉书

春日、暖风、青草……闪着光
你看到吗?野雏菊又开了
我们走过的小巷,多么空

一路上,一根快断的弦
被你轻轻拨响……

回想起来,那些喧嚣的日子里
我把哀伤扔给了你

把火焰和海水扔给了你

我的心,忽软忽硬
你默默地承受,生活多么琐碎
而你,在一排排失神的空酒瓶前
磐石一样爱着那些瞬间

回想起来,你是一头狮子
却没有发怒过……

请接受我迟到的歉意吧
路旁,青草上一滴疼痛滚落下来

在秋天

给我一截寂静,一截虚空
别靠近我

让我清空,身轻如燕
让我在身体之外,远远地想你

我是秋风中水洗多次的麻
是即将重见天日的煤
是别人眼里的柔软无骨,心灰意冷

让我在升起的寒意里保持沉默
让我接受草木牺牲的事实
让我相信，它们会从死里挺起身子

◎米　夏

有一朵花，听懂我的语言

鸡蛋花　鸡冠花　红山花　野鸡花
灯芯草　破坏草　三白草　孔雀草
煎熬成一道道中药
喝药的一个人

更远的地方有绿色的鸟语
四只山羊　一只黑狗
让我看到阳光透过薄薄的森林
开放过民歌的土地　结出果子的树桩
一只野猫跑过篱笆和黑夜

森林里盛开的那些花儿
有一朵听得懂我的语言

坐在夏天的月光里等你

夏天真的来了
蚊子给我发红包
我热烈地鼓掌
小狗吐着舌头
蝉声爬上柳枝

孩子们的屁股掉进河里
蜻蜓停在稻花上等着另一只蜻蜓飞来

夏天来了
夏天真的到来了

夏天的田野有挡不住的魅力
我一唱山歌
庄稼就看见我的心
山寨的感情
沿太阳的光攀缘而上
点燃火焰

你在北方向我喃喃
烤熏了红河
晒了一层层梯田

萤火虫提着灯笼陪着我
等你，坐在夏天的月光里

稻草人的爱情

我听见一粒种子发芽的声音
把谁的欣喜吐得悠长
那只逍遥漫步的山雀

吱的一声
把春的耳朵从河中叫醒

猫儿说
我叫的是春
与春天没有任何关系
肚子越来越圆的月亮即将分娩成
满天的星星
太阳却躲到白天不敢吱声

一群鸟儿，飞过头顶
准备落到，阳光下慌忙摇动的谷穗
群山奔跑
稻草人的心事和田神一样
妙在没有人知

听着蛙声和蛐蛐叫
稻谷酿酒，溪水煎茶
关掉电筒
一定有黄鳝钻出深夜
像你一样胆怯，透体冰凉

别怕，稻谷
我会把嘬食的鸟儿赶走
安心地睡吧
稻谷

在梯田里继续成长
我会一直站在田埂上
守卫着我们的爱情

◎琳　子

读　书

一个好男人和一个好女人相遇
也会做坏事
比如，此时
雨落在窗下的芭蕉上
屋子里
灯花凋零，书页在她的手指上
一寸寸变黄
她靠在床头
漫不经心的样子
他则把一双高跟的棉布靴子，脱在
门口
他们的脊背就这样
开始渗出冷汗

简　陋

再也没有比这
更简陋的了。简陋到
所有的街坊
邻居
都是陌生人

简陋到
只有一个中年男人
一个中年女人

只有一夜

◎臧海英

颤　抖

我的爱已经不多了
这少数的爱，让我颤抖
我的时间已经不多了
这有限的时间，同样让我颤抖
我的颤抖已经不多了
这少了又少的颤抖，像黑色的金子一样稀有
我偏执地走向黑暗的中心
就为这黑色的金子

战　栗

你走向我的时候，世界越来越远
所有的门窗都关了，你是惊喜和绝望的总和

天空和地面，黑夜和白天
是你一点点吃下去的。你一路走，一路丢下空杯子

我越来越小，你越来越大
世界都消失的时候，你俯下身占有了我

一个巨大的战栗占有了我

我爱他。爱他唇上惊喜和绝望的总和

清　晨

醒来的一瞬,你就爱了
说不清是你要我,还是我要你

连山坡,洼地都要了。新鲜的泪水
是你用整个夜培养出来的,新鲜的颤抖也是

我只负责接受。一屋子的光亮都是给我的
你掏出所有的鸟鸣,让我爱

你的脸,清晰地让我看到孤独
我也就亮出孤独

◎东　涯

夜雨寄南

大雨将至，我不知该对你说些什么
窗要关好
车子不要停在低洼处
如果一定要外出，记得带伞
不要在大树下避雨
也不要因为天光晦暗而难过
有些时候有些雨，注定会淋湿我们
现在，大雨已至
我要对你说的话，不比天上密集落下的雨点少
它们带着甜菜的气息
带着海洋里蛤蚧的气息，还有沙漠里的
鼠尾草的气息……所有这些
都化成酒的气息
这时如果我想起你
内心的潮水
绝不逊于这场大雨所带来的洪水
但我什么也没说
只是看着大雨落下来
想象"思君若汶水，浩荡寄南征"
想象一滴水
奔向另一滴时所发出的光芒

我们说起想念就像说起潮汐

属于我们的那片海洋,一经抵达
就不想离开;属于我们的
那片绿荫,让我想起秋天的风——
深沉的快乐和悲伤
你涵盖黑暗与晨光的眼睛
越过辽阔的灰烬望向我,像真理
停留在低矮的墙垣
我们在路上遥望,在站台一侧挥手
落日把潮湿的礁石
染成铜黄,远行的船只载满
甜蜜的忧伤:此时,大海像你沉静的脸
我们说起想念就像说起潮汐
最终的安宁必会容纳
我不停地奔向你的灵魂

献 歌

现在,我们可以光明地相对
我已腾空体内褪色的丝绸、沙砾和乌云
沉重的窠臼卸在来时的路上
你可以安静地住进来,打开窗子
迎接晨曦和鸟鸣

芨芨草在风中眨着眼睛
它和我们一样
有足够的耐心等候花开
来吧,我的爱
让我们在寂静的冬天唱一首歌
献给大地上的流浪者,老人和孩子
献给太平洋的海水、船只
葬身海底的生命
献给落日,献给旗帜,献给
折戟沉沙的心灵。也献给你,我的爱
时光如流水不舍昼夜
我们什么也没失去,只有拥有

海边独语

像无花果那样,向内开放
把所有的秘密变成籽实

像海中礁石,挨过阵阵波浪的拍击
即使千疮百孔,也要把棱角深藏内心

像余烬,怀抱最后的星火
像孤星归隐于天际

像皮影戏里的人物,一出场就是错误

一谢幕,就是虚无

像滂沱大雨,在泥沙俱下里泥沙俱下
在快意恩仇里快意恩仇

哦不,要像风
消失在无名的海上,带走所有的恩怨和苦乐

当你想起我,你想到的是水中残荷
凋敝的美,消亡的美,水墨画一样令人心动的美

当你忘记我,你遗忘的,是水中的月亮
是孤独,是宿命的符号,支离破碎的影像

◎宗小白

纱 巾

那个女人躺在河滩的卵石上
先是咿咿呀呀唱歌
继而又对我吃吃傻笑
蓬乱的头发上
横七竖八插着稻草、野花
每次看见她,年幼的我
都被姐姐催着快走
直到有一天,她露出棉絮的肩头
长长地披着一条不知哪里来的
橘红色的纱巾
在夕阳的旷野中,旁若无人地
安静伫立——
那一瞬间,我所产生的
与她亲近的强烈渴望
直到今天,还会使我联想起那些
一生都被爱情和诗
折磨的女性

浪 花

大海发蓝,天空也发蓝

浪花发白,云朵也发白

人世和天国之间,应该有面镜子
像一片树叶的阳面和阴面

有时风吹过来,我这片树叶恰好
贴着你这片树叶

有时风吹过去,你这朵浪花恰好
紧紧拥抱我这朵浪花

有时并没有风,也没有树叶,也没有浪花
也没有天国和镜子

只有无边的岑寂。我们沉默
像发暗的天空,又像各自发苦的海

对缪斯的诉求

我要你转身——
侧影的部分
我要你闭起眼睛——
沉默的部分
我要你遮蔽于日常——
又隐现在梦中的部分

我要你多出——
我要的部分

我要你的吻,在夜里——
像笔尖轻触柔软的纸页
又以墨水细细濡湿
那般

我们的祖宗仍在天上相爱

我想穿越到一个传说里
邂逅淳朴的牛郎
我在清澈的湖水里洗澡
衣衫被人偷走,心也被偷走

他耕耘劳作,我纺织绣花
远离垃圾与雾霾
我们不羡慕纸醉金迷
将彼此的身体当作远航的船
我们从鸡窝里捡蛋,从椿树上采下嫩叶
品尝舌尖上的人间
当我病了,他会为我熬良药苦口的成语
当他衰老,我会把他织成秀美的锦缎

闲暇时,我们看看野花听听流水

晚上,我会给孩子讲讲故事
指着牵牛星与织女星
那是我们的祖宗,仍在天上相爱

草原上

跑得再快一些吧
离人世越远越好
跳得再高一些吧
离天空越近越好
我不会瞻前顾后
不会说后悔
我要快马加鞭去爱你
趁草绿着,趁你活着

快　递

我称你为暖男
你有春天一样可以融化我的眼睛
和白蝴蝶似的衬衣
每天下楼我都要从你门前多经过几次
我的花也多开一瓣
你说"嗨,又取快递了?"
是的,我就喜欢这种荡秋千的感觉

春天是我的邻居
爱情正在派送

◎裴俊兰

弥散香雪的村庄

直到现在
我才对你说
弥散的雪是香的
整个冬天
我的信笺洁净得如同雪片

当你走过清明
我才慌慌张张清扫了小院
在一个早晨追赶春天
小花猫像你走过清明一样
它从容地走过信笺
蹲在春天一角
注视脚爪留下的印痕
我的心阵阵涌起害羞的期待
爱人呵,你要的那壶好酒
还在酝酿之中
春雪落满杯盏
却倒不出去
什么时候你来踏雪
启封的美酒会醉倒
你扣人心弦的脚步

我的村庄
弥散香雪的村庄
要不了多久
杏花将开遍小小庄园

秋天，花的心事

在姐妹们爱过的枝上
花味淡淡凉了
秋天不再是花的世界
它是花瓣褪尽的萼
这突如其来的变化
使我又想起你来
重新阅读一封封来信
我听不到你的忏悔，或者
据理力争整个秋天
一点你的消息都没有
我开始想你
复活成一轮明月
在蔚蓝的夜空穿行
想花萼应该有一支歌想唱
或长或短，或高亢或轻柔
总之，最后一句
一定要唱出心灵的小窗
水鸟立在河岸的木桩上

种子等待遥远的春天
此刻,我不怕故事死亡
就怕水鸟飞去
没有了歌唱

第三岸

阳光更亮时,总是想不到
未被照耀的地方
你找到了,以一个孤影的存在
迫使那片地带真正活着
站定的空白,恰好是一条裂缝
你成了被无名之水冲净的第三岸
一条鱼跃上去
比一条鱼留在水中,更爱自己
面雪而立的女子永远十八
白马相伴,爱是一枝梅花
面雨而立的老人永远八十
失眠是只空酒杯
注定阴阳之鸟将做爱情的图腾
秘密在岸上筑巢,蚕食内心
当爱再一次簇拥初春的阳光
母亲们把婴儿生产于岸的摇篮
使每一次流血
都像初恋

◎青 玄

晚 安

爬上山顶时,松涛已推开夕阳
那些被带往高处的
征服,正在变暗
压住身后,看不见的来路

我们继续在暮色里吞着虚无
不发出一点声响

从山上下来,月光遍及深林
想起途经的一匹马曾寂静地
望向另一匹。星光,在此刻
被目光珍重

北方的消息在北方相遇

我们的信使出发了
迎着霞光。美,被凝视着
玫瑰之火在白鸽的背脊攀缘

你的海,我的雪
我们的西北风,我们周围很高的山

在南城

南城
我曾经过的道路
皮肤上的星光
游鱼一样,和风闪耀

还有街灯
夜晚的刺身
通过你的手,传递温度
感官,动荡的爱情……

一次试探的脚步
还没有伸向远方
一场雨,夜间的泪
带着冷漠从你的身体里返回

让一些时光自顾叹息
像从未经过一样
消失在来时的路上

◎芳　竹

相思迢迢

不要说这夜只有雨了
还有我在心事的檐下
细听雨落残荷

落寞的红　玲珑的泪
一脉水流载着夜行的船
一只单桨摇动着相思

远离梦巷的爱情也远离了天色

一壶陈酒温了又温
醉了的却只有那满窗的倾诉
冷冷地从梦中醒来
雨水回望着茫茫人世
迢迢相思有着水一样的苍凉

一夜的落雪

雪中　我写着长长的一封信
从夏日的草莓到失手的花瓶
从相爱的昨天到放逐的泪水

我看见每一片雪都是我的灵魂

雪　被一朵朵放在心上
在冰冷的燃烧中我看见心碎的月亮
谁的容颜在哭泣中美丽
谁的夜曲像菊花一样散落
今夜　这又重又硬的雪
命运一样击中且灼伤了我

雪　落在梦的四周是一场虚无
这之前的明艳和果实都去了哪里
我回望的世界满是叹息和凉意
谁在落雪之前
就开始仰望天空
又在雪落之后
被忧郁深深地掩埋

透过冬天望见漫山桃花

在冬天的深处
灰烬的光亮覆盖着惆怅
微茫中
我的心向内生长
取出一些细小的火和自由
我看见漫山的桃花水袖盈盈

用疼痛的目光眺望
有些愿望总是要跨过那程山水
翻越那些劫难的月份
我梳理着心情的翅膀
要在雨季来临前学会飞翔
学会在距离中挽留夜色
在梦境中和桃花不期而遇

我在思想
没有一朵桃花让我变成美人
即使所有的枝条都挂满生动和箴言
我用前世呼应着她们
望见桃花深处安坐的诗人
将一颗诗心擦了又擦
然后诵读雨水和时光

从冬天到桃花
我们隔着翻山越岭的命运

◎黄玲君

陌生人

让杂货铺的坚果
长出翅膀　飞回九月
将坠未坠
一千棵树　一千个祈祷

让加工厂的原木　站起来
走回森林
通肯河边　草麻黄盛开了
夏季花朵

无边的好景色啊
之后还有春天　富足　纯粹

而我希望　那一次
我们仅仅只是　树下擦肩而过
的陌生人

轮　回

我向神祈求：救救我吧！
因为我在这里。因为我的人生

总是感到痛苦。请告诉我,为什么?
"难道你仍没有忆起?"

而故事已经一而再,再而三地
发生过了。就像一个剧本,无数次上演
是的。是真的……
真是一语惊醒梦中人!

一次次地,我循着来路回到这里
"良辰美景奈何天。"这里有如此熟悉的
陌生期待。这一次表现会有所不同吗?
这情景还将持续循环多久呢?虽然难以接受

皆因灵魂已深深陷入,这大起大落的
悲欢剧情,结尾的悚然、悬疑
那难以操纵的分寸感稍纵即逝

的确,你热爱,分享这痛苦经验。这个层次的
神秘生活。大幕即将拉开,再次相遇前的
心灵战栗。"哦,很不幸,你热爱这一切!"

◎桑　子

山中听鸟鸣

漂亮的蜀葵有细长的脖子
它们插在大地的湿润之处
直至萎谢凋零，从葡萄架到灌木丛
胡蜂们硕大的太阳帽被随手丢弃

太阳从一段颓败的土墙上出走
走向新鲜的旷野
像我们出生前的某一天
也像我们去世很久以后
年轻的花房盛着颤颤的蜜
它们赤裸的身体洁白无瑕
天牛在攀缘

我们整日坐在旷野上
听鸟儿说话，它们叽叽喳喳说个不停
好像我们能听懂这世上最大的善意

炼金术

炼金术是单身汉的科学
是孤独男人的沉思物

是雄性内部最烈的火
在最隐蔽、最温暖雌性体内
一个突发性事件
犹如火星的意志
在无限的特殊个体中熄灭
返回成为纯净之火
这潮湿的火苗
垂直的溪流
一场倒着下的雨
计时器抽回飞逝的时间
使之轻盈
太阳吸食了黑夜的能量
在悲剧和喜剧之间遐想两次
烧掉庇护在我们身上的道德败坏
光无事可做
让司炉者得以消遣
普罗米修斯啊!
金色星辰的奶娘!

精　灵

数天,数月,数年
该如何记录我们的爱情
一只精灵住进了一片果园
爱的甜汁

让它无遮无蔽

蜜色的肌肤

他溺死在她的身体里
正要去觅食的麻雀
正要回家的工蜂
正在盛开的白色花朵
风中吐露的玫瑰
忧伤的四月和飘荡的白色音乐
这一切都消失了

在这之前　　她只想停留在半空中
像枚月亮　永不成熟永不坠落

他爱上她身上的光和阴影
他曾透过有横栏的车窗亲吻她的手
每一根涂满红色指甲油的手指都很孤单
他蜜色的肌肤上有半月形的牙印
她让他渺小的生命进入巴洛克式的疯狂

一些愉快的事情鲜亮而活生生
像正值盛产季节的水果
像每一季都盛产的水果

◎青小衣

杏花村归来

其实,我想一整夜
跟你碰杯。在没有杏花的夜里
雨,是神仙没喝完的酒

我们替神仙喝。这上天赐予的琼浆
你喝一大杯,我喝一小杯
你喝多少大杯,我就喝多少小杯
我们把所有的雨都喝完

如果,天还不亮
我们就接着喝月光
你喝一大杯,我喝一小杯
你喝许多大杯,我喝许多小杯
我们把月亮也喝光

如果还没有醉
我们就喝彼此的身体
你喝一大杯,我喝一小杯
直到你把我喝下去
又喝下剩余的那部分自己

我想用最世俗的方式来爱你

爱你越来越拖沓的脚步声,和酒醉后
涨红的脸;爱你生锈的名字
眼睛里的灰;爱你激情过后的废墟
爱你内心那些搬不走的石头,和走着走着
就断了的念头

因为爱,我要在春天的院子里
种上各种果子树,和一些茂盛的花草
寒夜里,生起暖暖的小火炉子
一点一点围过来,热你,软你,化开你

尘埃落尽。我要藏起金子和雪
学会化妖精妆,施美人计,耍风流的身段
光艳艳、水灵灵的
让妖媚从骨头里跑出来,抱紧你

用最世俗的方式,我们拼命爱着
食人间烟火。然后很安静,像屋后的
风,花的影子。那时
在世俗的春天里,我们幸福的泪水
该往哪里流

◎西　叶

写一封信

我要写一封信
我要写一封信给你
我要连同我的身体还有时间一同寄出去
我要我的悲伤像汽车一样与广袤的天空融为一体
我要写下潮湿的雾霭、夜晚的病容
我要把我的爱，写得坚韧、宽广
再把我的累，写得明净如花
露台上金桂招摇，我所注视的
一切都能从我的注视里觉察到我的空洞
像骡子一样我白天写了晚上写
晚上写了白天又写
我要找一个人替换我
这阴沉的信件，不知什么时候能够到达

假如我必须爱

假如我必须爱
像光和影子，融合
那，我在这里
等待，一切影
仰望，一切光

我必得张大眼睛，生生不已
直到我们，四目相对
无力，清净，无身

◎费丹艺

笑

多少山多少水
越过趟过
才能见你

我将眼泪握在手里
递向南方
变成王尔德的沟渠

原来
庆幸
我们之间的
非王母之银河
亦非姑溪之长江

来日跨过
星星还是我们的
太阳也是我们的

花重锦官城

点一炷香

望一眼川
短的是生
长的是针

昨夜的长歌
不是阳关三叠
而是你的软语

昔　李太白
以明月寄衷情
今　云太浓
衷情被埋变成氧气
欲出的氧气被水封住
无以浮现
那么遁地万尺
直穿千里
去到你的跟前
化成你的鼻息

◎宋德丽

一生心跳

夜里我让灵魂沉落泥土
寻求生命旋转的足音
在滚烫的呼吸中
我小小的部落被倾泻的雨淋湿
凉爽的耳语
使我听到血管里流淌的声音
心中的大河
滋润着隐藏的土地

整整一生
有这样的水翻越我干渴的山梁
我将捧出千盏心灯
让纯洁的目光寻到高度
精神寻到自由

夜里心灵生长的巨树
有一种持续的力量
从鼓点般饱满的心跳中伸出来

独守秋夜

夜露在花瓣上栖息
以可人的姿势迎候你
走进丰满的河湾
独守秋夜
离愁在季节的深处繁殖
思念是寂寞的旋律

而你的歌声热烈而深沉
我唯一的世界
被震得松软如绵
熟读你脸上的卷帙
石头和水同样刻骨铭心
再见的手在风中摇曳
手上的诗歌无比潮湿
它包容了我们一生的企盼

我们只有等待
等到白发苍苍时
缔结最后的缘分

自然之合

整整一夜

我们游荡在清水里
彻骨的音乐来自
滚动的心中

我们走进水的源头
月亮在一百年前的梅树下等待
我们相聚在那棵梅树下
这自然之合
这火的造化
被一冬的太阳
温馨着纠缠着
透过圣洁的光和水
呼吸间
体验着生命的辉煌

裸露的根

把你的语言放在掌心
让风雨尽情啃噬
裸露的根
沿着今夜的河岸归来
我在你长笛的梦呓中歇一歇
让烦恼沉默
让永恒的过程
抵达渴望的家园

我打开轻而薄的翅膀
在柔声轻诉中
环绕红红的篝火
降临于你博爱的臂膀中
这是月影婆娑　灯火辉煌
你亲切的问候
系于屋顶　山峰　树梢
一次一次伸进我的心中
连成人类的命根

◎汤　萍

悲喜剧

大幕徐徐拉开
万众瞩目的舞台
我是主角
表演着人生的悲欢离合
潮涌而至的人群　为我
戴上华丽的桂冠

这是怎样的华光灿烂啊

蓦然回首　亲爱的你
却远远站在人潮的角落
如同　一点淡淡的星光
又是怎样的微茫轻弱

而我知道的啊
吾爱
当所有繁华都已落幕
只有你陪我上演
一幕幕平凡的悲喜剧

即使　再没有这样华光四射的
辉煌岁月

再没有这样灯火璀璨的夜
和那样一地清凉的月光

我知道的啊
在时光繁复的轮回中
在永难留住的
苍凉的生命里
我唯一永远能握住的
是你　那双被夜风侵袭的
微凉的手
和一颗永远不会冷却的心

你就是埋葬我的诗行

这高高的山峰
缀满繁星的幽光
谁唱起了爱之歌
即使是神
也要为这曲调而臣服

就让雷霆劈碎我的思念
于是
你终于听到
那来自一个温柔灵魂的呐喊

我将镌刻下永恒的诗行
证明爱盛开成了不朽的篇章
但是　我情愿
永远　　永远
不要以泪滋养
永远　　永远
不要写下这不朽的篇章

因为,你就是埋葬我的诗行
这诗行,让所有的星星都陨落
这诗行,让所有的星星都陨落在我眼里
这诗行,让所有的星星都陨落在我悲伤的眼里

从此,我的生命里
再开不出　欢乐的花
再结不出　充盈的果

从此,你我今生陌路
从此,我的所有苍茫的岁月
再不能出现一个丰饶的季节
让幸福可以恣意地生长

旅人的足音

这蜜也似的春天

落花正开着闲愁
溪水正流淌着野趣
鸟儿在枝头唱着春思

而我啊
一个总喜欢一身素衣的女子
正走过陌上的花朵
与不经意的你相遇

是春雷　是风暴是霓虹
是一眼望尽的星空
是一世就此结束的凋谢
是一次从今开始的绽放
是命运任性的一笔

那传唱的悲和欢啊
都不重要
不羁的旅人
请留下你的一串足音
在我的相思曲中

证明在这迟迟的春日里
我曾怎样怀着
一颗温柔的心
为你深情地吟唱

◎金铃子

假如我必须爱

假如我必须爱
像光和影子,融合
那,我在这里
等待,一切影
仰望,一切光
我必得张大眼睛,生生不已
直到我们,四目相对
无力,清净,无身

只要活着

我从没有怀疑过,爱情
这世界除去你,将属于——地狱
战败也好,放逐也好,流亡也好
只要活着
也许,你在这儿
在我颈上那串十字架里
一会像是寡妇,一会像是孤女

他和我说起悲伤

他和我说起悲伤
瞬间,我的心被击碎
爱过许多事物。孤独。眼泪。草丛
唯独没有爱过悲伤
今天,仿佛例外
紧紧地抱住它,温暖它
这个寒冷的初春,我与悲伤
相依为命
我用笨拙的方式爱上悲伤

犹如我爱上他的沉默
或者歌唱

我见过的爱情很多

我见过的爱情很多
可是,没有哪一个像你和我
一刻也不敢停
一刻也不能停
我只让目光一寸一寸在你身体里行走
我只让一只鸟飞来落在黄金般的乳房
蜜一般宁静,柔软
我只让你弹奏深藏不露的乐器
没有人听得见那美妙的声音
除了我,或是你

这就是一个人爱上另一个人
起始和结尾

只 有

只有太阳反复书写也无法写完
只有爱重复地活着

只有我，爱你的时候
你才会意义茂盛